MEMORY HOUSE
记忆坊文化

你是我荒漠里唯一的花（下）

You Taste very Sweet

（全二册）

寒烈 著

江苏凤凰文艺出版社
JIANGSU PHOENIX LITERATURE AND ART PUBLISHING

Contents

目录

第十五章

女孩子们鱼贯退场，到休息区等待导演组的讨论结果。

策划组与导演组紧急开会讨论，大胡子慢吞吞地走向远兮："刚才没受伤吧，小郁？"

远兮垂眸望向自己的手。

右手手掌外侧，一条细长伤口已止了血，只是血迹沿着手腕流下，蔓延到皮肤纹路里，显得格外狰狞，而现场一片混乱，无人注意。

"大概刚才拿砧板时不小心被刀尖划到。"远兮扬睫，"德国索林根原产大马士革主厨刀，果然名不虚传。"

大胡子啼笑皆非，忽然伸手一撸她头顶短发："会哭的孩子有奶吃，偶尔撒撒娇又不会少一块肉，这么死犟做什么？！"

随后一摆手："节目组的医生跟施西去医院，你手上的伤口看着挺吓人，到农场医务室处理处理！去去去！赶紧去！”

远兮点点头，转身向外走，大胡子又在后头叮嘱：“下午不用过来了，好好休息。”

远兮走出谷仓，雨后晴空挂着一道彩虹，横跨在农场上方。她抬手遮眉，微微眯眼，凝望远天，通身有种高度紧张后的庆幸与放松。

倏忽身后传来一阵“嗡嗡嗡”的电机声，远兮一回头，看见许凌昀开着那辆眼熟的小型电动全挂平板车，车上装载着捆得整整齐齐的树枝。

“早上的货都已发完？”远兮笑问。

许凌昀没有答复她，他的全副注意力都在她手腕那一团看起来触目惊心的血迹上：“早晨还好好的，怎么会受伤？”

他从电动平板车架势座上跳下来，走近远兮。

远兮放下半搭在眉骨上的手，不很在意地甩了甩：“没事，小伤。”

“疼不疼？”他小心翼翼地避开她的手与手腕，轻轻用手握住她的手肘。

远兮认真感受了一下。

刚才事出突然，她脑海里只有一个念头，不能让选手受伤，要将事故危害程度降至最低，哪里还顾得过来其他？现在肾上腺素作用慢慢消退，她才开始觉得手掌外侧的伤口有些许痒，一点点发胀，好像血液通通涌向刀口处，随着脉搏律动，有节奏地隐隐作痛。

“还好，去医务室处理一下就行。”她抿抿嘴唇，发觉嘴唇干得起皱。

“这怎么能叫‘还好’？”许凌昀蹙眉，“上车，我送你去医务室。”

“我自己过去……”

“不要逞能。”许凌昀不赞同地睇她一眼，扶着她坐上平板车副驾驶座，随后绕过车头，回到驾驶座，倾身替远兮拉出保险带系好，“坐稳了。”

电动全挂平板车稳稳行驶在农庄宽阔的主干道上，很快停在员工宿舍楼前。

“走吧，我待会儿再送你回客房。”许凌昀不待远兮开口，便下车向她伸出手，“以你目前的状况，让你自己走回去，我不放心。”

远兮失笑：“哪儿有那么娇贵？”

许凌昀领着远兮走进员工宿舍一楼靠近会客室的医务室，敲门：“文老！”

“请进！”里头一道温和的声音应门，“又受伤了？”

推门而入的许凌昀将远兮引至老医生跟前：“不是我。”

须发皆白的老医生看一眼远兮和她被许凌昀捧着不放的那只手，一拍凳子，示意她坐下，自己则起身去拿消毒器具，等返回到诊疗桌前，老先生戴上手套，一手握住远兮的手指，一手拿镊子夹取酒精棉，将她手腕和手掌外侧的血迹擦拭干净。

冰凉的酒精棉球一触碰到皮肤，远兮就被那沁凉的感受激得一缩肩膀。

老医生抓紧她的手：“怎么？觉得疼？觉得疼就对了！以后做事情小心点，年轻人不要毛毛躁躁的。”

受伤的手被医生控制，远兮不敢反驳，只好点头称是。

文老医生见病人不回嘴，倒有些无趣，清洗创口，涂抹碘酒，以纱布包扎伤口之后，才问：“怎么受的伤？我看你的角质层和真皮层伤口非常整齐，是什么锐利物品瞬间割伤的吧？还好伤口不算太长太深，不然就不是包一包这么简单处理了。”

“是，不小心被一把主厨刀划到。”

“刀啊？”老医生皱眉，“先做皮试，要是不过敏就打一剂破伤风针，在我这儿留观半小时，回去好好休息，二十四小时伤口不要碰水，两天后来换药。”

老医生的交代一气呵成，随后扬手赶许凌昀走：“你忙你的去，她要是打完针没什么过敏反应，我再叫你过来接她！”

许凌昀固然不放心，但文老医生一脸嫌弃，他也只好暂时告辞。

等他走出医务室，老医生一边撸起远兮未受伤的那只手臂上的衣袖，给她注射皮试药物，一边嘀咕：“小许也算是见过大风大浪的人了，当年他自己下地收割水稻，不会使镰刀，一刀戳在自己脚背上，流了一地血，旁边来帮工的人吓得半死，把他抬到我的诊所来，他都像没事人似的。今天你这么小一个口子，再晚点来……”

“伤口就愈合了？”远兮忍不住笑着接口问。

“那倒不至于。”老先生抬眼示意她别动，“血流得不少，哪儿可能这么快就愈合？！你当自己是蜥蜴？！你别打岔！我说到哪里了？”

“您说到我再晚点来……”

“呵，对！你若再晚点来，他好像你快要流血而亡的样子，太滑稽了！”老医生凑近远兮手臂，观察她手臂上针眼附近的皮肤，“嗯……没过敏。怕不怕打针？怕不怕都得打，怕也没用！”

远兮在老医生的强力吐槽之下，毫无还嘴之力，臀侧吃了一针之后老老实实拿没吃过针的那半边屁股坐在凳子上等足三十分钟。文老医生见她精神不错，没有任何不良反应，手一挥，取过电话，拨号：“小许，过来接人吧！”

“我自己……”远兮不想麻烦许凌昀来回接送。

“我答应小许的，做人做事要讲诚信。”文医生叹息，“年轻人，要珍惜真心待你的人！”

“我不是……”远兮不知道该如何反驳。

许凌昀适时敲门进来："处理妥当了？谢谢文老。"

文医生一边示意他领走病人，一边交代："不可碰水，清淡饮食。"

待两人走出医务室，又在后头遥遥关照："下次受伤请一定选我不在的日子。"

远兮闻言几乎笑得打跌："文医生是什么宝藏老男孩？"

许凌昀注意到她的视线在他脚背上掠过，不由得轻笑："文老以前是三甲医院的全科医生，后来遇见两个医闹，愤而辞职，避到乡村社区诊所来。"

进而被一个连镰刀都不太会用、前途未卜的农场小伙，请来管理医务室。

远兮被许凌昀送回客房。

"客房中的矿泉水、新鲜水果全部免费，随意取用。有什么事请拨打前台或者总机，客房服务随叫随到！"

"我只是手上划开一个小口子而已。"远兮不得不举起缠着白纱布的手，"并无大碍。"

"嗯……"许凌昀摸摸下巴，沉吟数秒，"稍等。"

他下楼，从办公室取来一沓票据，递给远兮："这是贵节目组最近在农庄生活和拍摄所消耗的日用品、食品原材料、水电煤清单，麻烦郁助理核算一下，可存在出入？如无出入，请转交贵节目组财务。"

远兮接过厚厚一沓清单，笑不可抑："我该不该向你要工资？"

"我去把两车货送掉，中午请你到食堂开小灶。"许凌昀望着她的笑脸，轻轻道。

其实这些票据清单，董晴已悉数核对计算无误，他只是不希望远兮因为手上受伤无事可做，而产生一种无力感。那样的无力感，曾深深困扰过他。

许凌昀留远兮在房间里与票据奋战，自己带着心底说不清道不明的意绪下楼，继续开着小型电动全挂平板车将修剪下来大量成捆的树枝运往农机库以进行粉碎处理。

这边安然宁静，那头策划组与导演组却为接下来的淘汰人选争得面红耳赤，不可开交。

“施西是非常有看点的选手，她因意外无法继续参加比赛，就该启用候补选手，淘汰存在感低、厨艺不佳的选手。”策划组认为吸睛效果高于一切。

“我们不反对淘汰，但启用哪位候补？在海选阶段就被淘汰的选手本身就不具备参赛优势……”导演组据理力争。

“在将近十万人的报名视频中进行筛选，难免会有沧海遗珠，我不相信其中没有厨艺胜过施西又自带话题体质的人选！”策划组负责人恨不得脱下高跟鞋敲桌子。

坐在角落里一直不曾发声的李厚时缓缓清一清喉咙：“厨艺胜过施西，又自带话题体质的人选啊……”

众人眼光齐齐落在大胡子身上。

大胡子伸出肥厚手掌，敲敲桌面：“大家觉得，郁远兮如何？”

郁远兮？

郁助理？！

“李老师的人选……”总策划有些迟疑。

“李老师怎么会提议选择郁助理？”总导演不是不好奇的。

大胡子伸手点一点导演组的楼导：“我看了些小楼拍的素材，还有其他固定镜头拍摄的画面，小郁这个人，蛮有趣的。综合能力不错，干得动农活，打得了手语，剪得出视频。她今天在棚里灭火时那股镇定自若一气呵成的劲儿，也不像是厨房生手。”

所有人都认同这一点。

“再说，小郁最近也算是风头一时无两吧？”大胡子乐呵呵的，“无论是防身术演示，还是暗夜见义勇为，全都曾高居热搜榜前三。何必舍近求远？”

一个现成的话题人物。

策划组与导演组心动不已。

“但是，郁助理愿意出镜吗？”总导演觉得此事并无十分把握。

“只要你们觉得没问题，游说小郁的事，交给我。”大胡子拍板，“不过我们也不能做一言堂，选手们也有选择的权利，让她们在海选候补选手和郁助理之间做个投票。”

他从不低估这些十七八岁、二十出头的年轻女孩，她们各自的野心足以使她们做出最有利于自己的决定。

“就这么决定了？”大胡子环视众人，见无人反对，大手一挥，“那上午就到这儿吧，走！吃饭去！身体是革命的本钱！”

许凌昀送完两车树枝、秸秆，婉拒门卫室老杨一起吃午饭的邀请，返回农舍，草草在办公室附设的浴室里冲了个澡，换一身干爽衣物，这才上楼去看远兮。

他敲门进屋时，她正半靠在床头，捧着手机核算票据上的金额，听到响动，头也不抬：“还剩几张就核对完了，你随意。”

许凌昀见她精神头与气色尚好，悬着的心这才略安。

稍早他一眼看见她手腕附近大团洇在皮肤上的血迹，只觉得一颗心猛地一抽，仿佛被外力狠狠攥紧，悸痛到无法呼吸。

“完工！”远兮把最后一张存根联的数字输入手机计算器，得到一个七位数。

她朝许凌昀晃晃手机：“一旦正式开机，真是每天都在烧钱。”

许凌昀瞥一眼手机屏幕上的数字，并不意外远兮核算的数字与董晴的一般无二，连小数点后两位都分毫不差。

他走近她，在远兮一丝不明所以的目光中，伸手，拿手背轻贴她的额心。

肌肤与肌肤相触，不过短短一秒，她的体温却像是烙在了他的心里。

“没发烧。”他放下手，“来，我带你去吃午饭，陆师傅掌勺的病号特餐。”

远兮眼睛一亮：“有没有烘山芋？”

她对陆师傅做的烘山芋念念不忘，软、糯、香、甜！

“今天没有。”她眼睛里熠熠生辉的光，令许凌昀微笑，“喜欢的话，等你手上伤口痊愈，叫陆师傅给你烤一炉。”

“那怎么好意思？”远兮摆手，“什么时候陆师傅做了烘山芋，记得叫我一声。”

两人并肩走出农舍，远兮看见停在农舍门口的六人座电瓶车，失笑：“就一点点路。”

“今天偷懒，不想走路，请迁就我一次。”许凌昀做一个“请上车”的手势。

远兮坐上电瓶车：“待遇堪比豌豆公主。”

等到了食堂，远兮一进门，在里头吃午餐的摄制组工作人员陆续发现远兮包扎得严严实实的手。

“郁助理受伤了？！”司机老郑视力好，一眼看见远兮皮肤上还留有没能彻底擦干净的血迹。他刚才开保姆车送施西去镇卫生院，留负责施西的选管在卫生院陪她做进一步检查与治疗，他则先行开车回来，吃了饭还要取施西的日常用品送去：“没事吧？”

“没事，一点小伤。”远兮朝老郑点点头，对他的关心表示感谢。

“小伤也不能马虎大意……”录音师曹哥探身，“受伤的手别用力，伤口绷开就不好了。”

“这回实在太危险，多亏小郁！”楼导朝远兮抱拳。

一个节目组相处得久了，工作人员渐渐了解远兮的为人，晓得她不是外头传闻中那样眼高于顶冷傲清高的人，从最初的疏远客气，到慢慢真心实意彼此关心。

食堂最里头靠花窗两张八仙桌边染着一头显眼灰毛的聿见站起身热情地朝远兮频频招手："郁老师！郁老师！"

一旁经纪人半掩着眼，我不认识这二傻子！

"我答应和嘉宾一起午饭……"远兮想起在一片混乱之前，她曾答应的事，歉意地朝许凌昀一颔首，走向聿见。

经过大胡子身边，他看一眼远兮的手："饭后聊聊？"

"好。"

许凌昀本想带远兮到食堂较为安静的一角，替她送上病号餐，此时不得不驻足，注视她的背影，走向那处他仿佛永远也无法融入的热闹喧嚣中。

他看着一头灰毛的小年轻跳起来替远兮拉开方凳，满脸关切地同她低语，微微垂睫，转身走向厨房。

厨房里两个阿姨一前一后站在取餐口，因大多数人已领过餐，两人得空，正在聊天。看到许凌昀，白胖阿姨对他招招手："小许，给你留了好吃的！"

阿姨指指单独摆在保温台上的不锈钢饭盒："白切糟肉，草头圈子，都是你的爱。"

许凌昀露出一点笑来："陆师傅做的病号餐呢？"

"在这里！听说小郁受伤了？哦哟作孽的！"胖阿姨指一指保温箱，"三七蒸乳鸽、竹荪鸡片汤、金丝小花卷，另外还有菌菇炒肉丝、凉拌黑豆芽，都是补气血的，让小郁多吃些！"

许凌昀取一个托盘，装上三菜一汤一样点心，绕出厨房，送到远兮面前。

聿见是时正向远兮强力推荐："这道辣炒花蛤，蛤肉鲜嫩清爽，一点泥沙也无，配上浓郁的蒜蓉和辣椒，好吃得没话说！还有这道草头圈子！在上午吃过红酒煨大肠、芝士烤大肠等创意大肠菜之后，我还是觉得最传统、最浓油赤酱的草头圈子好吃！”

许凌昀将手中托盘放到远兮跟前：“手受伤了，要少吃油腻辛辣，清淡饮食几天为宜。”

聿见闻言一愣，随即发现同桌经纪人一副左顾右盼就是不正眼瞅他的样子，后知后觉地意识到远兮的手上正缠着纱布，一时有些讪讪的。

“谢谢！”远兮对许凌昀微笑。

“慢用。”他并不留下来打扰她，自行回厨房与同事们共进午餐。

吃过午饭，远兮与聿见一行人道别。

经纪人陪着聿见走远了些，才凑近拿着手机编辑图片准备上传社交媒体的聿见：“见哥，下次碰到郁老师，麻烦你也矜持一点，矜持！”

聿见半垂长睫，将有郁远兮小半张面孔和自己一个侧脸的照片放在九宫格最醒目的位置，配文“与偶像同框”，并加注“成长吧，厨娘”话题，然后点击发送键，这才抬起头来，问苦口婆心的经纪人：“矜持？矜持能当饭吃吗？”

青年深目高鼻，浓眉薄唇，灰色头发蓬松有致，化着若有似无的精致裸妆，英俊得教人窒息，脸上带着一丝丝天真任性的放肆。

经纪人看着这张脸，深吸一口气。

好吧，你红你有理。

聿见重又看向手机，新发的状态下面评论转瞬已近千条。

粉丝们不是欢呼“啊啊啊哥哥营业了”，就是在兴奋“哥哥我可以”，偶尔有人破坏队形：“哥哥的偶像是谁？”

聿见嘴角带笑，挑选这名粉丝回复：“我的偶像、良师益友，郁远兮。”

经纪人从他手中抽走手机，看了几眼粉丝们的花式吹捧和聿见的回复，将手机塞还聿见：“行了，适可而止，捆绑营销也要看对象。”

低头钻进保姆车，聿见笑嘻嘻：“我就是气不过，凭什么把郁老师从节目上撤下来？何况，我也是配合节目组，为他们做宣传。”

他看着被回复的粉丝评论转眼升至热评第一位，又看到网红森森在他这条状态下面点了赞，内心获得极大满足，暗暗地去关注了森森。

“请不要在危险的边缘疯狂试探。”经纪人叹息。

手下艺人虽然爆红，但是不听话，我该怎么办？

目送任性当红艺人的保姆车绝尘而去，大胡子拍拍远兮肩膀：“边走边聊。”

李厚时生得人高马大，一步抵平常人两步，他阔步走出几米，才仿佛猛然意识到自己走得太快。

他放慢脚步，双手负在身后，遥望一派深秋景色的农场：“小郁，你对自己的职业未来有什么规划？”

远兮微愣。

规划啊……

“也许重回校园吧。”远兮直陈。

电视台方面，一个多月过去，并没有任何重新启用她的意向，倒是吴婉婉的名人访谈《无所不言》被放在节目改版后的黄金时段，已播出两期，严灵的旅行纪录片也已筹备完毕，开始进行录制。

作为台签主持人，远兮的合同还有十个月到期，届时如果电视台出于各种考量不再同她续约，又没有其他电视台或者节目组向她伸出橄榄枝，她想用一段时间，进修深造，提升自己，开阔眼界，也许换一条跑道，重新出发。

李厚时摸摸他浓密的胡髭：“嗯，重回校园，也不失为一个不错的选择。那在这之前呢？”

“如果有可能，我想继续跟您学习。”

大胡子笑一笑：“可考虑过重回幕前？”

他不待远兮回答，大手一划拉：“这整片农场的日租金、每天的人工、机器待机……每拖延一天，都在烧节目组的制作经费。”

远兮点点头，她刚核算过许凌昀交给她的票据，确实每日支出颇为可观。

“施西因意外无法继续完成接下来的节目录制，我们需要有人尽快补位，以免耽误拍摄进度。”大胡子虎视眈眈，“我希望你能作为替补选手，参与节目录制。”

远兮有片刻茫然，回视大胡子。

“我看你上午在突发火灾时临危不惧泰然自若的处置手法，应该不是厨房生手。”大胡子不给远兮开口拒绝的机会，继续游说，“选秀节目的选手绝不比主持人轻松，要应对高强度比赛日程，面对巨大心理压力，在有限的时间内完成普通人两三个小时才能制作出的菜肴。”

“我……”远兮迟疑。

“而且你比其他选手都熟悉比赛流程，所以即使你成功通过选手投票，替补参赛，最初三场淘汰赛无论你的成绩有多出色，都将面临压力测试的考验。”大胡子直言不讳，“有巨大争议在前头等你。”

“我仍在电视台合同期内。”远兮提醒大胡子。

李厚时闻言失笑：“你们台聘主持人，在不影响本职工作的前提下，接私活不是心照不宣的？我记得你们台里，有个出了名的祝八档，最当红时一个人在台里台外主持八档综艺节目……”

“您也说是最当红时。”远兮并不讳言，“我现在可是台长指名道姓要雪藏的主持人，您要是启用我做补位选手，不怕节目在本地无法上星？”

大胡子哈哈大笑：“我们本来就是一档网络选秀综艺节目，并且网络播放许可已经获批，中间选手因意外产生变动，对播放并不产生太多影响。能上星固然好，不能上，也无所谓。”

他倒不是盲目乐观，现在大量广告投放流向网络综艺市场，本地电视台广告收入颇有些青黄不接，十分尴尬，否则作为明星主持人的郁远兮也不会因为不愿意应酬广告商而遭到电视台领导打压雪藏。

“给你二十四小时考虑。”大胡子厚掌往远兮肩头一拍，见她不动如山，忽然就满意地笑了，“机会稍纵即逝，相信你会做出正确决定。”

远兮回到农舍，几个结束今日比赛的选手一起来探望她。

“远兮姐，听说你的手受伤了，没事吧？”乔笑绵推门而入，直奔远兮身边，小心翼翼查看远兮的手。

骆佳馨与她同来，跟在她身后，对远兮打手语：要不要紧？晚上洗漱会不会受影响？我晚上来帮郁老师洗头吧。

远兮连连摆手：“没事，不要紧，别担心，我自己能应付。”

在两人身后，柳凝一举手中喷雾罐：“德国原装，液体创可贴，可在伤口形成透气防水保护膜，不影响日常生活。”

最后进门的伍明媚轻抚手臂：“今天实在可怕！想不到真有人弄到厨房起火……”

柳凝长眉淡蹙，以手肘顶一顶伍明媚，伍明媚嘟了嘴，不吱声。

远兮微笑，请几个女孩随便坐。

这几个女孩，不打不相识，虽然成长环境截然不同，又是竞争对手，却也渐渐培养出一些战斗情谊来。

“不晓得施西伤得重不重？”乔笑绵问，边冲骆佳馨打手势。

远兮颇意外。

短短十来天工夫，乔笑绵居然学会简单手语，可以同骆佳馨交流。

“要等医院检查结果才知道。”远兮无意给女孩子们增加心理负担，“好好比赛，过几天看看能否请导演允许大家去探望施西。”

送走乔笑绵四人，又迎来乔楚、安萍萍等人。

乔楚大大咧咧，望一望远兮的手掌：“郁老师，这点小伤口不要紧，睡一觉差不多已长好。”

还在酝酿说辞的安萍萍目瞪口呆。

倒是远兮闻言轻笑：“借你吉言。”

乔楚往床沿一坐：“郁老师的床坐起来舒服，不像宿舍的床，硬邦邦。”

安萍萍忍不住扯扯她衣袖，你真的是来探望伤员的吗？

“那你加油，每场淘汰赛获胜的选手，会有意想不到的奖励。”远兮鼓励乔楚。

“原本我以为自己的厨艺在年轻人中屈指可数。”乔楚丧气，揪起一角床单揉搓，“不料人外有人。”

三次淘汰赛胜出者另有其人。

“那接下来的比赛……”安萍萍更担心比赛淘汰人选有变。

“节目组会有预案，你们不要关心这些杂事，好好休息，认真比赛。”远兮安抚忐忑的女孩。

既是比赛，难免残酷，头两场每场淘汰十人，造成的心理冲击，不可谓不大。原本五十人的宿舍一下子便只剩三十人，这一场将淘汰几人还是一个未知数，她们心中不安，情有可原。

前后送走三批前来探望的选手，远兮终得片刻歇息。

望着堆放在茶几上的各种小点心和一罐液体创可贴，她面露微笑。

这些选手，最小十八岁，刚刚高中毕业的年纪，最大二十五岁，也不过步入社会没几年。一群大孩子，离开父母参加选秀，要在镜头前应对密集的赛事，还要学会人情世故，成长肉眼可见。

晚饭由许凌昀送上来。

小米南瓜粥装在不锈钢保温桶中，拧开盖子时冒着热气。一提四层不锈钢食盒一一取下来，拿小剪刀铰成小块的酱瓜，淋上麻油，撒一点白芝麻，喷香扑鼻，引人食欲大振；碧绿生青的黄瓜衬得秋耳炒肉片清爽可口；菜脯蛋金黄浓香；另有几只小小奶香馒头，白白胖胖，绵软非常。

许凌昀自便携保温箱里取出两副碗筷放在茶几上。

“一人吃饭无聊，不介意多我一个吧？”他笑问。

“欢迎之至！”远兮伸手为他倒粥。

许凌昀轻轻格开她的手腕：“哪儿能教伤员为我服务？放着我来。”

“那我不客气了。”

两人隔着一张茶几，相对吃饭。

席间闲谈，远兮不自觉地聊起大胡子的提议。

远兮喝一口香滑小米粥：“聚光灯打在身上那一刻，整个世界都似消失不见，心无旁骛全情投入，那种肾上腺素飙升、血液都仿佛为之沸腾的感觉，尝到过，便很难忘记。李老师的提议，不是不叫人心动的。”

“既然心动……”何不行动？许凌昀不理解远兮的犹豫。

“我只是没想过，会以这种方式……”重回镜头前。

许凌昀掰开一只奶香小馒头，夹一点酱瓜在里头，咬一口，馒头宣软，酱瓜清脆，像两种截然不同的人生，奇异地融在一处，不可思议的美妙。

“我以前，以为自己会一辈子待在实验室里，研发新材料，也许有朝一日能得诺贝尔奖，从来没想过自己会跑来种地。”他已释然，说起往事，眼睛带一点笑，“人走投无路，哪里还有挑挑拣拣的余地？硬着头皮也要下地干农活，镰刀扎进脚背算什么？农场收成青黄不接，秋收在即，所有作物加在一起，还不够人工水电日常开销，急到嘴角起泡，浑然忘却脚上这点痛。”

“在镇上挂了三天抗生素，刚能下地走路，就四处去求教农业专家，请他们到农场进行指导。专家若不答应，我就带着地里产的大米、蔬菜，赖在人家门口不走。”

“蒋教授就是被我这样没皮没脸请回来的。”许凌昀轻笑，“他一直说，被我赖上了，豁不脱（甩不掉），只好手把手、点对点地教，教到有一天他教无可教为止。”

这一教就是五年。

“我对新技术接受度高，新推出的农机、良种、科学手段都敢尝试。”他眼里有明亮的光，“蒋教授帮助我申请到第一笔农业贷款，搭建起第一座智能暖棚，购买第一批种苗……亲眼看着这座农场，从无人管理近乎荒芜的状态，一点点变成今天的模样。我对过去的自己说：你能从一个对农业一窍不通的门外汉，变成今天这样一个熟悉现代化农业操作的农夫，你还有什么跨不过去的坎？”

他直直望进远兮眼睛深处：“于你而言，以哪种方式，重回镜头前，有什么要紧？”

远兮倏忽微笑：“是，你说得对。”

人生哪儿有那么多一帆风顺理所当然？

把自己放低到尘埃里，咬紧牙关，忍着痛，继续努力，才不会被生活打败。

“多吃一点，秋耳补铁，小米补血。”许凌昀笑意不绝。

这时有电话打进来，他看一眼来电显示：白素真。接听。

“许大哥！许大哥！咱们农场红了！”小白兴奋的声音自听筒中传出，“你红了！快到网上看！”

小白嗓门响亮到隔着茶几坐在许凌昀对面的远兮都听得一清二楚。

“出门玩还不忘关心农场，年底是否该发你一个最佳员工奖？”许凌昀将手机稍微挪远些，问。

“不玩了！这就买票返程！”小白似打了鸡血，“许大哥有没有帮我向明星要签名？！”

“我晓得你喜欢哪个明星？”许凌昀失笑，“回来自己去要签名。”

“许大哥真是太不了解人家了，哼！”小白抱怨一句，挂断电话。

“快看看你究竟有多红？！”远兮调侃。

她微微凑近许凌昀，看他打开手机应用，在热门话题中查找，果然跳出与《成长吧，厨娘》相关的热门话题，高居第一位是聿见中午时发的那条动态，评论转发量直破十万人次，其后是森森点赞聿见的“成长吧，厨娘”动态。

远兮忽略“聿见偶像郁远兮”这条热门，视线下移，找到位于热门第五的“现代化农场里的帅农夫”，不由得一笑，伸手一指：“应该是你。”

她手指干净修长，指甲剪得短而圆润，许凌昀顺着她的手指凝神一望，不由得嘀咕：“什么帅农夫？”

点进热门，是一则自预告片中截取的短短三秒动态图片，反复播放无人机自稻田上空飞过，坐在小型联合收割机上的青年拿手轻轻一顶戴在头上的草帽，露出帽檐下小麦色皮肤、棱角分明、浓眉朗目、直鼻薄唇、英俊的脸来。

看客们嘻嘻哈哈，一派热闹。

“哪家的儿郎，如此英俊？”

“现在连做农夫都需要帅哥了吗？”

“农场可还需要人手？”

“这么帅，节目组雇用的模特吧？”

“有没有人组团前往围观帅哥？”

另有人指路生态农场位置、占地面积、主要作物、服务功能，号召粉丝们前去应援、偶遇偶像。

许凌昀放下手机，悠悠叹息：“农场以这种方式走红，真不知是该喜还是该忧。”

第十六章

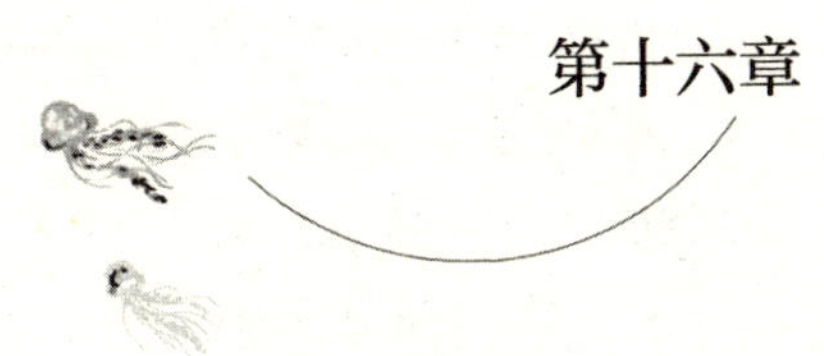

许凌昀低估了网络的力量，也低估了生态农场走红的程度。

秦恩琦走进开在高档住宅小区内的书画社，已有几名前来上课的学员坐在休息区，凑在一处叽叽咕咕聊天。

秦恩琦将挎在臂弯的鸵鸟皮凯莉包随手放在一旁架子上，走向她们："聊什么如此投入？"

书画社里的学员泰半是住在附近豪宅的全职太太，整日逛街购物，闲极无聊，便相约到书画社学画水彩画，彼此之间并无太多顾忌。

"喏，斯黛茜的偶像，到郊区一爿农场录节目，斯黛茜说想去农场看看。"年轻阔太笑吟吟的，"斯黛茜的偶像说遇到了他的偶像，斯黛茜不服气呢！"

娇滴滴的斯黛茜推同伴一把："去你的！谁不服气？！"

“这有什么可害羞的？我还追着偶像把他全球巡回演唱会的每一场都看了呢。”阔太抢过斯黛茜的手机，展示给秦恩琦看，“要我讲啊，小白脸有什么看头？还不如农场里的农夫有男人味！”

许凌昀的脸猝不及防地映入秦恩琦眼帘。

上一次在私人会馆电梯前匆匆一晤，伴侣在侧，她甚至没来得及细细观察他，丈夫炫耀似的向他宣布她怀了二胎，她纵有千言万语，在那一刻也都化作无言。

此时此刻，看见斯黛茜手机上的画面，秦恩琦心中五味杂陈。

五年时光，说短不短，说长不长。

她与曲鸿程的长女已三岁，丈夫百般央求她，再生个儿子，将来好继承家业。其实她内心并不愿意。

还不到七年，生活已然磨平了丈夫身上那种春风得意的蓬勃朝气，他早已习惯各种应酬，常常晚归，带着通身烟酒味。即使剪裁得体的手工西装也越来越难掩他一年大过一年的肚腩，和日渐油腻的气息。

倒是许凌昀，褪去早年与她恋爱时那种木讷沉闷的书呆子气，身材保持良好，英俊依旧，连对男色挑剔至此的阔太都忍不住为之赞叹。

“是不是？！”阔太得意地一捅斯黛茜手臂，“我说什么来的？我们安琪尔老师都一眼入迷！”

“我还是喜欢白净斯文的。”斯黛茜调出聿见的照片给秦恩琦看，“多赏心悦目。”

秦恩琦的注意力被九宫格正中央聿见同远兮的合影吸引。

“那就是你偶像的偶像？”

“过气主持人而已。”斯黛茜轻嗤。

阔太拿手在鼻尖前扇一扇：“哟，哪里来的醋味？”

“聿见同她客气呀，叫她一声偶像，你还真当她是聿见的偶像？！”斯黛茜气得去挠阔太腰侧。

原来伊是主持人，秦恩琦心想，大抵是节目拍摄之故认识的，并没有多深厚的交情。

到上课时间，老师招呼学员们上课，秦恩琦笑着对斯黛茜说：“什么时候有空，一起去农场玩？偶尔感受一下田园气息也不错。”

“好的呀！”斯黛茜立刻应承。

两人各怀心思，目标一致。

下课，走出书画社，阔太看见等在门口的白色豪华版总裁车，语带艳羡：“曲生对安琪尔真是体贴入微，这么点点路都要开车过来接。呵，我家老郑，早没有当初追求我时的热情了。”

“你和老郑是老夫老妻，孩子都能早恋了。”斯黛茜挽住阔太手臂，“曲生对安琪尔，多少年了，还是热恋时的状态，羡慕不来的。”

秦恩琦与学员们道别，坐上丈夫的车。

曲鸿程殷殷地问：“可觉得累？等这个月的课上完，就暂时停一停吧。”

又倾身过来，想亲她脸颊。

秦恩琦避开他，侧头望向车窗外，用手轻掩口鼻：“身上一股香烟味，难闻！”

曲鸿程冷了脸。

妻子自怀上二胎，便开始找各种借口拒绝与他亲热，这几天干脆说她孕期听见他打鼾睡不着觉，与他分了房。

“你以前好像不怕烟味。”曲鸿程发动引擎，语带埋怨。

“这一胎比上一胎反应大。”秦恩琦将脸贴在微凉的车窗上，“体质到底不如二十一二岁的时候……”

曲鸿程倏然泄气。

毕竟这一胎，是他苦求太太再生一个，才怀上的。

就像当初，明知恩琦是许凌昀女友，他也还是死皮赖脸地追求她，出尽百宝，终将她追到手，同自己做了夫妻。许是手段不太光明之故，他在感情中，便有些患得患失。

一如他为成功，不择手段放弃掉的友谊。

自相识，许凌昀于他，就是他不断追赶却始终无法超越的存在，是父母、师长口中“别人家的孩子”。

许凌昀比他高大英俊，成绩比他优秀，更受教授赏识，更有异性缘，连奖学金都拿得多过他。

他唯一强过许凌昀的，也许就是交游广阔，更善于经营人际关系。

也正因如此，毕业后创业，许凌昀才一心扑在研发上，放心将所有洽谈业务、交际应酬这样的“琐事”交由他全权负责，给了他带走研发团队自组公司的机会。

这几年，凭借当初公司申请的生物医用高分子材料专利，光吃老本，也足够他赚得盆满钵满，衣食无忧。可惜公司后继乏力，亦是不争的事实。

业内竞争激烈，近年有技术成熟又有价格优势的公司不断抢夺市场，他不得不多方应酬，拉拢客户，以期保持市场占有率，压力不可谓不大。

压力一大，便有些发福。

妻子初时仿佛并不介意，可渐渐言语中就带了些调笑意味的嫌弃。

“该健身啦，衬衫纽扣都绷飞几颗。”

“再不运动，远远一望，什么都不见，先看到一块肥肚腩。”

可像今天这样明显拒绝他的亲近，还是头一遭。

曲鸿程暗暗想：从何时起，恩琦变得一天比一天冷淡？

似乎，是与许凌昀重逢那一天开始……

他眯了眯眼，有些压抑在心底的情绪，翻涌上来。

新的一天，太阳照常升起。

农场宿舍中选手们在吃早餐时，不算太意外地迎来总导演。

总导演朝众人面前的餐盘望两眼："节目组提供的免费早餐，大家且吃且珍惜啊！"

女孩子们"轰"一声，炸了锅。

"导演，又要马儿跑，又要马儿不吃草，这也太黑了吧？"乔楚狠狠咬一口三明治，提问。

"挑战任务失败，接受惩罚，没早饭吃，我们认了。可干脆不提供早餐……"伍明媚自恃背景，不怕得罪导演，"这条写在合同中吗？提供三餐及住宿，是合同条款之一吧？"

连前来报到时与伍明媚打了一架，至今不愿意正眼看她的长卷发，都忍不住朝伍明媚竖大拇指。

伍明媚得意地一扬俏脸。

导演一摸下巴："比赛形势严峻，也许今天就会有多人被淘汰，我是指这个啊……你们误会了。"

女孩们相继发出哀叫："导演您不能等到吃完饭再来宣布吗？！"

老谋深算的总导演做足前戏，见状终于抛出戏肉（事情的精彩部分）来。

"鉴于施西因故不能继续参加比赛，现在大家面临两项选择……"他顿一顿，待所有人注意力都集中过来，这才接着道，"第一，按照原定计划，在上一场淘汰赛表现不佳的选手中淘汰一人或者多人；第二，启用补位选手，再进行一场压力赛，根据选手表现，淘汰一人或者多人。"

选手们面面相觑。

其实两个选择对上一场顺利晋级下一轮比赛的选手，并无太大影响，无非是关系到排名靠后，可能惨遭淘汰的选手的去留罢了。

有声音自人群中弱弱响起：“我选第二项……”

随即有人附和：“我也选第二项。”

“可有人反对？”总导演向在场其他选手确认，五秒钟过后，他露出一个了然于胸的微笑，“关于候补人选，导演组也有两个人选。”

他卖关子。

“导演您能痛快点吗？”乔楚吐槽，“您这样挤牙膏似的，我听着太难受了。”

“好好好，痛快些。”总导演笑得像花儿一朵，“一位是海选期落选的选手，另一位是大家都很熟悉的……”

他还是忍不住要吊女孩子们胃口。

“我们都很熟悉的？不会是女团出道失败，最近在卖二手奢侈品的小姐姐吧？”

“在综艺节目上一歇歇说从不吃肉，一歇歇又说不爱吃蔬菜的那位？”

“她哪里会烧菜？再说她也不愿意自降身价，同我们这些素人同场竞技吧？”

总导演在选手们七嘴八舌的议论中以拳抵唇，轻咳一声，揭晓答案：“是节目组的郁助理，郁远兮！”

他拍拍手：“给大家三十分钟时间考虑，然后就人选进行投票。”

他将选择权，交给这些或精明或懵懂的年轻人。

总导演走出选手宿舍，嘴角含笑，回临时指挥中心，向李厚时复命。

“高！实在是高！”总导演一见大胡子，便朝他拱手。

刚才选手们的真实反应，悉数被摄像机捕捉，到时剪辑出来，必定吸睛。

“小郁答应了吗？”总导演比较担心郁远兮。

毕竟是成名几年的主持人，在幕后跑腿是一回事，参加选秀，则意义完全不同。

“你刚才去选手宿舍时，她回复我，愿意一试。”大胡子越来越喜欢这年轻女郎，说话做事，不拖泥带水。即使迟疑，也不是黏黏糊糊的犹豫不决，“我叫她去宣发部将节目宣传工作移交一下，顺便同家人小聚，然后进组封闭拍摄。”

“拿得起，放得下，是个狠人。”导演有些意外，又觉得她的选择在情理之中。

前期准备，申请官方账号，做预算，看素材，剪视频，全未假手他人，说移交便移交，一般人总不免有被抢了功劳的感觉，郁远兮却毫无怨言，这就很耐人寻味了。

大胡子双臂抱胸，露齿一笑，像丛林中伺机捕猎的猛兽。

“有些人顺我者昌，逆我者亡惯了，宁可用些庸庸碌碌的马屁精。我则不然，我喜欢有才华有脾气的强者，火花从来都是在碰撞中产生的。”

他十二分期待郁远兮在节目中的表现。

远兮自农场出来，驱车回家。

摩托车停在楼下，摘下头盔，远兮不很意外地在楼下碰见买菜回来的管阿姨。

管阿姨一看到她便别转面孔，鼻孔朝天，冷哼一声。

远兮失笑，客客气气叫一声：“管阿姨，小菜买好了？”

管阿姨目不斜视，当远兮是空气。

远兮也不恼，三步并作两步，跨上台阶，替两手各拎一只大购物袋的管阿姨推开底楼的门。

管阿姨迈上台阶，打算进门厅的脚步一顿，一转身，嘴里嘀咕着“好像忘记买豆浆”，走开了。

远兮啼笑皆非，摸摸鼻尖，看来管阿姨还没消气。

回到家，远兮换了一身宽松舒适的居家衣服，将换下来的衣服丢进洗衣机清洗，坐下来，静静神，给老师季江桐打电话。

季江桐很快接听电话，背景喧闹。

“老师，您在忙？没影响您吧？”

“没事，正好在市里参加一个文艺创作工作会，现在是会议间休。”季江桐的声音听起来颇轻松，“你不来电话，我闲下来也要找你。在李大胡子手下工作，感觉如何？大胡子可压榨你了？”

远兮笑起来：“李老师同您是截然不同的风格。”

季江桐为人做事，和风细雨，绝不当面令下属后辈难堪，有什么不满，等单独相处，再指出，也并不疾言厉色，但一定直指问题核心，不会顾左右而言他。

李厚时则恰恰相反，风风火火，一言不合便吹胡子瞪眼，讲到激动处拍桌子也不是没有。可他同季老师一样，从不无理取闹，一定有的放矢，使人心服口服。

“有什么收获？”季江桐在电话彼端，问得认真。

“制片人真不是那么容易当的。”远兮想一想，老老实实答。

季江铜闻言哈哈大笑：“怕了？”

“不！知难而退不是我的性格。”

无论是友谊搁浅，还是下岗窘境，其实都有简单易行的解决办法。

只是，非不能也，乃不为也。

“我准备以补位选手身份，参加节目录制。”远兮轻轻对老师说。

季江桐不由得一愣，随即欣然赞同：“不破不立，远兮，我果然没看错你。”

彼端有继续会议的召集声，季江桐匆匆对远兮说了一声：“远兮，加油！”

随后挂断电话。

远兮微笑。

老师全力支持她，真好！

远兮等洗衣机完成工作，将洗好的衣服晾在阳台上，看看时间，拿过手机发消息给台里的领导：“章老师，台里对我的工作，可有什么安排？”

数分钟后，章明贤回复远兮：“少安毋躁，好好享受假期，趁机充实自己，不要令频道改版、节目调整、人事变动影响生活步调。年后应有决定。”

“谢谢章老师！”远兮自嘲一笑。

十月下岗，台里一直对她不闻不问，看来是打算干晾着她，直至合同到期。

她有充分的自由时间参加网络综艺拍摄。

远兮起身下楼骑摩托车前往拳房。

工作日上午十点，拳房里除了教练同工作人员，并没有多少学员。

清洁阿姨拿着平地拖，慢悠悠从拳房一头，推至另一头，在浅蓝色地面上留下一条半米宽的潮湿水痕。

蔡师傅正在一处拳台上给小祁喂招。

头发花白的蔡师傅动作不疾不徐，柔中带劲，但又不拘泥于招式，常有出其不意的变招，小祁偶尔会被蔡师傅不按套路的出招打得措手不及，疲于应付。

一套长拳打下来，收势，抱拳，鞠躬，小祁扑在拳台围绳上，气喘吁吁。

反观蔡师傅，虽然也出一身汗，但气息沉稳，一边接过毛巾擦拭头上汗水，一边弯腰钻过围绳，走下拳台，招呼远兮：“远兮来啦？”

远兮朝他拱手：“您这眼观六路的功夫，佩服！”

蔡师傅将毛巾往肩膀上一搭：“这算什么？无他，唯手熟耳。今天怎么有空来？”

远兮笑吟吟：“我来录防身术教学视频。”

“你爸同你说了？”蔡师傅目放金光，“你愿意帮这个忙真是太好了！”

“明天开始我有工作走不脱，恰好今天有时间，蔡师傅您看在哪里拍？”

蔡师傅的视线在拳房中兜了一圈，手往门外一指：“拳房外面停车场空地如何？也要考虑环境因素嘛。”

“行。”

“小祁，来，给你小师姐当陪练。”蔡师傅铁掌朝摊在拳台上的小祁一招。

“又是我？”小祁一边哀叫，一边还是任劳任怨地从围绳下头钻出来，手肘往远兮肩膀上一搭，“我这可是舍命陪君子，小师姐你手下留情。”

三人走出拳房，其他教练跟出来围观，连清洁阿姨都放下拖把，抄起保温杯，一道出来看热闹。

业余还爱好点摄影的蔡师傅准备充足，日系单反相机、三脚架搭配防震云台，竟然还铺设一段滑轨。

“师傅为拍出高质量教学视频，很下了些血本。”小祁感叹。

“相当专业。”远兮承认。

蔡师傅一人身兼导演、编剧、摄像之职，指挥远兮与小祁。

“小祁藏在绿化带，远兮从停车场走出来，小祁自背后锁喉偷袭，远兮反击。”

“剧情仿佛很复杂。”小祁摸摸后脑勺。

蔡师傅在空地上用脚尖蹭出一道痕迹来：“打斗动作在这里完成，先拍连贯镜头，再拍拆解镜头。”

等视频开始录制，小祁从藏身的白玉兰树干后蹿出来，用粗壮的手臂一把卡住远兮脖颈，哪怕明知只是做戏而已，清洁阿姨仍忍不住低呼：“当心！”

在阿姨低呼的当口，远兮猛然抬臂带动肩膀并朝后向小祁转身，手臂连同手肘在回身时顺势压低小祁颈背，小祁被迫弯腰，已面向小祁的远兮趁机屈膝，大力顶向他身体最薄弱位置。

远兮点到即止，立刻放开压制小祁的手臂，他直起身，活动一下肩颈，龇牙咧嘴：“打不过，怕了。”

“因为你终究还是手下留情。”远兮十分清醒，“真正遇到有心伤人的歹徒，未必这种程度的反击就能吓退他。”

教学视频拍摄还算顺利，蔡师傅颇为满意。

女儿忙得脚不点地，接连几天不着家，郁爸郁妈不是不想女儿的。

今天两人下班，一前一后进门，发现女儿不但在家，还做了一桌菜，布好碗筷，只等他们回来，心间格外熨帖。

郁侑庭为人仔细，即刻发现女儿手侧的纱布：“受伤了？”

“一点小伤。”远兮揭开陶瓷汤罐的盖子，用汤勺舀出两碗沙参玉竹鸽子汤端到父母面前，“鸽子是农场老杨师傅今天宰杀好，处理干净，让我带回来的。”

门卫老杨听说她受伤，上午候着她骑摩托经过门卫室时，特地喊住她，一股脑将装着鸽子的塑料袋塞到她手里，只闷声说了一句：“鸽子汤，收伤口。”

然后一转身返回门卫室。

远兮只好隔着门卫室半敞着的窗户，对老杨说声“谢谢”。

陶穆接过汤碗，微微嗔怪：“受伤还碰水。”

远兮嘿嘿笑。

郁侑庭喝一口冷热适中、已提前撇去浮油的鸽子汤，点点头：“滋润清甜，不错。”

“你女儿继承了你一手好厨艺。”陶穆自己不善厨艺，丈夫也从不要求她下厨，没想到女儿却对烹饪有天生的领悟力，“隐隐有青出于蓝而胜于蓝的趋势。”

郁侑庭颇得意：“那是，名师出高徒！”

“爸、妈，你们尝尝我从农场带回来的新鲜蔬菜。”

孩儿臂长的莜麦菜切成手指长短，整整齐齐码在盘子里，淋一层薄悠悠的芝麻酱，看上去清爽生脆。

陶穆搛一筷子麻酱油麦菜，送进嘴里，细细咀嚼，频频点头。

“从尖到梗，鲜嫩爽脆，有一点点苦，与麻酱细腻中带一丝甜的滑润相得益彰。”

“这盘回锅豆腐深得我心！”郁侑庭口重，一盘客家回锅豆腐大受他的欢迎。

饭桌上一家人欢声笑语不断。

吃过晚饭，远兮捧了洗干净的蓝莓出来。

一玻璃盏蓝莓个大饱满，上头覆着果霜，吃起来香馥甜郁。

“哪儿买的？比以前水果店里买的好吃。”陶穆有些意外。

“也是从农场里带回来的，外头水果店一时还买不到，听许凌昀说是人工驯化长白山矮脚野生蓝浆果，无土无药无病虫害。”远兮微笑，“他晓得我今天要回家一趟，特地准备了不少好东西让我带回来给你们尝尝鲜。”

“小许还好吧？”陶穆关心。

许凌昀与前女友之间的纠葛，后来逛街时，冯宪珍说了个大概，陶穆约略知道他创业失败又受情伤一事。

远兮点点头。

陶穆便不再继续追问。

这时门铃响。

“这么晚，会是谁？”远兮自沙发上起身去开门。

雕花防盗格栅门外，何氏兄弟并肩而立。

两兄弟衣着休闲低调，手提大包小包。

远兮一边打开防盗门，一边侧身，请何氏兄弟进门：“爸、妈，王阿姨的儿子来了。”

又弯腰从玄关鞋柜上取拖鞋出来，放在地上。

陶穆从客厅迎出来：“小何来了？不用换鞋！里厢坐！”

何氏兄弟还是老老实实在远兮注视下换上拖鞋，毕恭毕敬送上礼物。

“冒昧来访，一点礼物，不成敬意！”何晟风代表发言，何晟云朝陶穆颔首。

陶穆接过四个礼盒，只觉手上一沉：“这两个孩子，太客气了。不要立在门口说话，里厢坐。”

何氏兄弟这才随陶穆走向客厅，在沙发上分宾主落座。

远兮进厨房烧水沏茶，等小陶壶里的水沸腾的工夫，暗暗揣测何家两兄弟的来意。

何家兄弟是登门向远兮致以诚挚谢意的。

“阿弟想专程向远兮表达谢意，只是一直苦于没有机会。”何晟风对弟弟晟云，从来有求必应，弟弟的心愿，务必替他达成，“我们不知道远兮什么时候方便，想先来拜访您同郁叔叔，想不到运道好，正碰见远兮。”

何晟风并不会讳言心里的小算盘，陶穆也不是老古板，轻笑：“打个电话一问就能知道，倒教你们特地跑一趟。”

“这是阿弟的诚意。”何晟风拍拍弟弟肩膀。

何晟云这才收回往厨房方向张望的眼神，以手语说：我想请远兮参加家里的圣诞餐会。

何家的圣诞餐会？

陶穆有些意外。

她在王佩宁朋友圈见过何家圣诞餐会的照片，地点常常在何家偌大的别墅内，一张能坐得下二十多人的法式长桌，摆满美酒佳肴，觥筹交错，到场宾客悉数是何家至亲好友，每一帧照片中出现的面孔都是艺术界响当当的人物。

请远兮去参加这样一场名人聚集的餐会……陶穆没有替女儿答应。

远兮端着茶盘自厨房出来，替两位客人倒茶。

何晟云又对远兮表示了自己的来意。

“我最近参加节目录制，到时是否有时间现在还不能确定。”远兮边说边比手语，“如果时间允许，一定到场。”

何晟云没有得到满意答复，面上露出快快不乐的神色。

何晟风取出手机，朝远兮微笑：“上次吃饭匆忙，只来得及交换电话号码，远兮加一下我同晟云的社交账号吧，平时联系起来也方便。”

“我很少上线。”远兮坦陈。

“没关系，我们也不是社交媒体狂人。”看起来老成持重的何晟风竟然向远兮眨眼睛。

远兮失笑，回房间取了手机出来，三个年轻人凑在一起，彼此扫对方账号二维码，添加好友。

陶穆眼风抛向丈夫，郁侑庭心领神会，笑呵呵招呼何氏兄弟喝茶，闲聊间问两人平时有些什么爱好，工作忙不忙，何晟风担当两兄弟发言人，一一回答，不见一丝不耐烦。

“我闲来无事爱出门旅行、逛美术馆博物馆。阿弟比我强得多，他热爱冲浪，也擅长程序设计，最近正在尝试运用动态捕捉技术，通过识别手势，将手语转化成文字和语音，方便语言与听力障碍人群与正常人之间的双向交流。”

“真的？”何晟云正在开发的程序引起陶穆兴趣，连远兮都不由自主坐正身体。

“阿弟你自己说。”何晟风拍拍弟弟肩膀。

提起自己的专业领域，何晟云一改内向风格，手语比画得飞快：

现有手语识别软件功能比较单一，往往只有几百个基本词语和日常基础对话，很难翻译长句以及专业术语，并且需要借助手部穿戴设备，十分不便。我所在的团队正试图简化传统手语翻译软件的动态捕捉技术，完善词库，真正让双方达到无障碍交流。

他的手指干净修长，手指动作非常利落，在中式手语中夹杂大量美式手语中的专业术语，陶穆颇有几个词看不懂，远兮也不甚明了。

何晟风察言观色，即刻在旁翻译：“阿弟说要把传统手语翻译系统的机械运动捕捉方式，优化为活动范围更广、动作连续性更佳，无缆线、穿戴装置限制的光学式运动捕捉。但这项技术目前广泛应用在科研领域，成本较高。”

陶穆有些许遗憾地点点头：“成本高是推向市场普及的拦路虎。要是成本能降下来，将惠及多少语言与听力障碍人群啊！”

何氏兄弟在八点半时起身告辞。

“帮我送送他们。”陶穆支使女儿，又交代何家兄弟，“有空来玩。”

何晟风听得出这不过是句客气话，可眼角瞥见阿弟一副恋恋不舍的表情，遂真心实意地点点头："那我们以后常来叨扰您，您和郁叔叔可不要嫌弃我们啊！"

换好鞋站在门口的远兮实在想不到何大为何皮厚如斯。

远兮送何家兄弟下楼，电梯里何大在左，何二在右，将远兮夹在中间。

"阿弟平时除了埋头工作和运动，大多时间都是一名宅男，由于先天原因，他不太爱交际，也没什么特别要好的朋友。难得他愿意结识朋友，我这个做哥哥的，少不得厚着脸皮，多来几次，远兮你不会不欢迎我们吧？"何晟风温雅地问。

您如此直白地问了，我能说什么？远兮拿眼神反问。

何晟风笑了起来。

走出电梯，远兮伴着何氏兄弟往小区外头走。

两兄弟的车停在路边泊车位，正是上次何晟云在夜间遇到小混混的那条小马路。

小马路因上一回远兮夜间路见不平挺身助人的视频而备受关注，社区治安引起街道重视，在马路两旁加装路灯同时，也增加网络联勤人员巡逻，倒是清静很多。

"就送到这里吧，我们自己走过去。"何晟风在小区门口不让远兮再送。

"那好，你们路上注意安全。"远兮站在小区闸机口，朝兄弟二人挥手道别，目送两人走出小区，走入夜色之中。

远兮一转身，又碰上吃过晚饭同老姊妹出来散步的管阿姨。

管阿姨用中气十足的嗓门与同伴"耳语"："我讲怎么看不上我给伊介绍的海归，原来人家有更好的户头，看不上脚踏实地工作的潜力股。"

管阿姨一双火眼金睛，晚上八点钟，小区门口左右两盏路灯光照下匆匆一扫，已将刚才与远兮并肩站在一处的何氏兄弟的穿着打扮看得一清二楚。

风衣肩宽腰线长短剪裁，一搭眼就是高级定制，西裤烫得笔直挺括，手工皮鞋，扬手之间手腕上一块名表在衣袖口处一闪而没，估计价值够买一套房。

“年轻人哪里懂过日子不光是有钱就够了。”管阿姨的同伴附和。

远兮把两位已经替她忧虑婚后生活的老阿姨抛在脑后，回家。

“把晟风、晟云送走了？”陶穆问换鞋进屋的女儿。

“送到小区门口。”远兮坐回母亲身边，茶几上的玻璃盏里，还剩着几颗蓝莓，她伸手抓过一颗，丢进嘴里。

“没洗手！”陶穆轻拍她手背。

王佩宁的两个继子，老早同她关系十分冷淡，这回因远兮的关系，与阿王竟热络起来。

阿王说从未见继子对她如此殷勤，教她受宠若惊。

陶穆觉得年轻人想多结识个朋友，无可厚非，既然他们愿意走动，随他们去。

“爸爸呢？”远兮吃光玻璃盏中的蓝莓。

“街道里要组织垃圾分类小竞赛，将各种垃圾藏在不同小区，组织居民‘寻宝’，找到最多垃圾，并成功分类的参赛者能获得相应奖品，他负责规划路线。”陶穆往书房方向扬脸，“喏，正在做功课。”

远兮望着书房门内的暖黄灯光，将头靠在母亲肩膀上：“节目组制片人请我以补位选手身份参加节目录制。”

“你想参加吗？”

“我想试试。”看看自己在面对全新压力时，会有怎样的表现。

陶穆伸手摸摸女儿毛茸茸的短发：“妈妈相信你。”

女儿自小不是患得患失的性格，下定决心要做的事便一定会做好，无论是填报教育管理专业，还是从事主持人工作，她从未干涉女儿的选择。

“要不要替你拉票？”陶穆还是晓得选秀比赛规则的。

“我需要拉票吗？我是要凭实力赢得比赛的人！”远兮靠着母亲哈哈笑。

第十七章

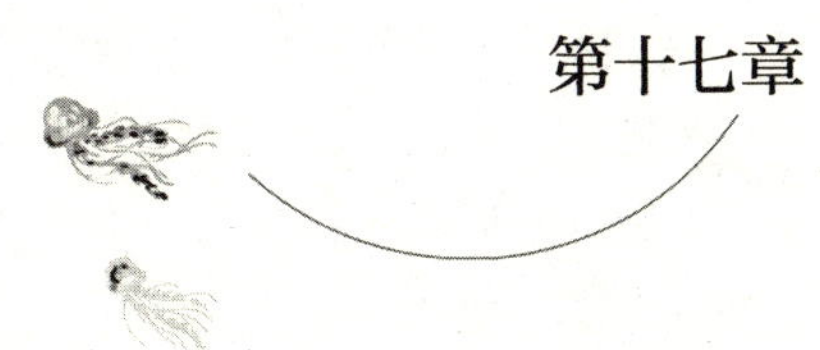

不需要拉票的郁远兮在选手宿舍受到热烈欢迎。

女孩子们不出大胡子所料，以压倒性票数选择由远兮补位参赛。

大抵在潜意识中，与她们接触颇多的郁助理，并不像厨艺高手，不能对她们形成任何威胁。

所有人中，乔笑绵与骆佳馨对由远兮补位，真心实意地感到高兴。

乔笑绵一把搂住远兮手臂：“远兮姐！我们房间正好有一张空床，来我们房间吧！”

最初两场比赛，一下子淘汰二十名选手，宿舍里空出许多床来。

骆佳馨在一旁拼命点头：来嘛，来我们房间！

想到有个能同她无障碍交流的舍友，骆佳馨一晚没睡踏实，生怕其他人先下手为强。

远兮遥遥冲其他下楼欢迎她的选手点头致意，随后才朝两个竭力想与她同屋的女孩子微笑：“那我不客气啦，晚上我如果打呼噜说梦话，要原谅我哦。”

骆佳馨仔细读她嘴唇，一双眼笑得如两弯新月：笑笑说她打呼响彻半边天，不过我反正听不到。

乔笑绵手语进步神速，已能看懂大概，拿肩膀轻撞骆佳馨：“哪儿有半边天？！”

远兮在宿舍安顿好，文森特带着助理贾思敏找过来，在楼下会客室等她。

一俟远兮走进会客室，文森特指使贾思敏：“把准备的几套衣服给她试试！”

又倒退两步，一手叉腰，一手抚腮，将远兮从头到脚打量一遍，语带不解：“初见那天看起来多精致？！不过一个月工夫，怎么就粗糙得像个汉子？”

他不待远兮辩解，大步走近，伸手捏起远兮一撮头发，旋即嫌弃地丢开。

“头发最近没修剪保养过吧？层次不分明，发质略干，需好好养护！”

贾思敏强忍笑意，取下挂在移动衣架上的休闲套装塞进远兮怀里：“试试看，文森特老师知道由你补位，特地为你找的明年春季款。”

远兮吹口哨：“岂不是女明星待遇？”

“女明星要捧着钱才请得到我做造型，单独给你做造型我可是分文不取。”文森特哼一声，“你的待遇比女明星高多了！”

“为了您给我做的造型，我也得在比赛当中多撑几场。”远兮笑嘻嘻转到挂满衣服的衣架后面换装。

“你就这么点追求？”文森特轻斥，“起码闯进十强才对得起我的心血！”

远兮换装完毕，重新走进文森特与贾思敏视线，贾思敏不管三七二十一，先拿手机，远中近距离，横拍竖拍：“存起来备用。”

文森特眼光老辣，抛开他对女性穿飘逸装束下厨不切实际的观点后，他所选择的衣服，完全符合厨娘们的需求——干练，不强调身材，不对大幅度运动造成约束。

远兮身上是浅灰色莱卡混纺单宁面料斜襟家居服，材质轻薄柔软服帖，全无纽扣，只在左腋下以带系住，下身搭配同材质黑色吸烟裤，便于行动。

“不用再试其他，就这一套吧。”文森特摆手。

这身衣服正贴合远兮一贯的风格，柔中带刚，再没有比这套更适合她的。

贾思敏朝远兮竖大拇指。

“还愣着做什么？你来给她化妆！”文森特对贾思敏挑眉。

贾思敏一怔：“我？”

“没把握？！”文森特眯眼。

“有有有！”贾思敏点头如捣蒜。

她跟在文森特身边做助理经年，终于等到他愿意给她机会，几乎幸福得要原地转圈圈。

贾思敏一把将远兮按坐在会客室的转椅上，转身去取化妆箱。

远兮望着她透着雀跃的背影，微笑，内心涌起斗志。

贾思敏“啪”一下弹开化妆箱按扣，拉开箱盖，露出里头层层叠叠的彩妆与工具，扭头朝远兮一笑：“嘿嘿嘿！”

贾思敏你冷静些，你这样笑很恐怖，你知道吗？远兮以眼神控诉。

“放心，我一定把你的妆化得美绝人寰！”贾思敏胸中的壮志熊熊燃烧。

“只是参加厨艺比赛，上镜看起来不失礼就……”

远兮的话被贾思敏一根手指压在嘴上，只得咽回肚子里。

贾思敏一手托住远兮下巴，一手取化妆棉蘸取纯净水，轻轻擦拭脸部。她手指微凉，温柔坚定，眼神专注投入，鼻息放得很轻，同平时爱讲八卦的样子，有天壤之别。

远兮倏忽就放下心来。

“你的皮肤……是我见过的演艺人士中，保养得最——”贾思敏拖长了音，“——差的。”

“最近无须上镜，风里来、雨里去，太阳下头干农活……”远兮讷讷。

“别说话，先敷补水面膜，紧急抢救一下。”贾思敏无奈。

等远兮再度睁开眼，自贾思敏树在她面前的圆镜中看到自己的脸，有种遥迢的不真实感，仿佛正面对一个熟悉的陌生人。

以前做音乐节目主持人，演播室也好，活动现场也罢，聚光灯打在脸上，妆足够端庄，才压得住镜头。

此时此刻，她浓长的眉被修得张扬而不凌厉，浅浅一抹落日色带隐隐珠光的眼影，令一双冷清的眼，平添些许暖意。贾思敏并不试图掩盖她晒黑的事实，轻薄粉底透出皮肤原有的蜂蜜色，肌理中似有晶光散发。

贾思敏一旋转椅，让远兮面对双手抱胸站在一旁的文森特：“文森特老师，您看！”

文森特以挑剔到近乎苛刻的眼神注视远兮片刻，终于微微一笑：“贾思敏，恭喜你，可以出师了。”

远兮鼓掌：“今天有幸见证了一个化妆师的诞生。”

贾思敏双手捧脸，几乎要落下泪来，只好拿手不停在双眼眼角处轻扇，不让眼泪滑落，破坏她浓重的眼妆，嘴里嗔怪：“做什么！今天主角是远兮才对！快去拍定妆照！”

压力赛现场一片教人窒息的安静，摄制组各就各位，五位面临压力赛的选手在休息区等候。场务在比赛区来回走动，摆放食材。砦大厨、贺大厨同主持人兼评委赵洋在评委席低声寒暄，只等压力赛拍摄正式开始。

一切就绪，助理导演引五人到烹饪区就位。

赵洋在导演示意开拍后起身。

“在压力赛正式开始之前，让我们欢迎补位选手——郁远兮！郁远兮加油！希望你能在今天发挥出自己的实力！”

赵洋带头鼓掌，现场响起一阵掌声，远兮朝大家点头致意。

“本场压力赛的主题是罐头食品大餐。”赵洋转入正题，“今天的主要食材是放在大家面前的罐头食品，选手们需要以罐头食品为主要原料，制作一道冷菜、一道热菜和一道主食。你们有五分钟时间到原料间挑选所需辅料，比赛时间为三十分钟。为公平起见，本场我们三位评委会在休息区等所有选手完成比赛，对菜品将完全从色香味形客观角度进行盲投。”

赵洋顿一顿，视线从每人脸上掠过，见无人反对，抬头注视电子计时屏：“五分钟倒计时，开始！”

五人走向原料间，人手一个提篮，开始选择自己需要的食材。

远兮短短几步路工夫，已拟好菜单，她的策略是只拿自己需要的食材，全力以赴，不患得患失，避免节外生枝。

她身后有人与她擦肩而过，风风火火抓起一包新鲜秋葵丢进菜篮子里，又一阵旋风似的去拿沙拉酱。

远兮微笑，大家都斗志昂扬。

待五人返回料理区站定，赵洋宣布压力赛开始后，与砦大厨、贺大厨走向后面休息区。

在场工作人员屏息凝神，摄影师各角度推进镜头，现场只能听见选手们来回走动的足音和开罐器开启罐头食品时，容器释压，发出轻微的“噗噗”声。

远兮的手很稳，不急不躁，完全无视身前选手不锈钢炖锅猛然放在灶眼上时发出的声响。

休息区内，三位评委看不见场内情形，难免有好奇期待。

“要以罐头食品为原料，做出大餐来，是不是难度很大？”赵洋引导话题。

“要说难，其实也并不难。”砦大厨比较活跃，立刻接过话头，“要看选手对罐头食品的熟悉度和对菜品的把握度。”

贺大厨同意砦大厨观点：“罐头食品也能烹饪出意想不到的美味。”

“如果是您二位，会选择哪几种罐头食品，制作什么菜品呢？”赵洋进一步问。

砦、贺两位大厨对视一眼，砦大厨首先道：“我大概会选辣味金枪鱼罐头，拿棵矮菠菜在开水里一烫，取出过冰水，沥干以后，拌辣味金枪鱼，再撒一撮炒香的白芝麻，然后以培根卷罐头白芦笋，用黄油煎得酥脆，最后烤面包片抹蒜泥青酱，上头叠一块黑松露鹅肝酱，佐一杯白葡萄酒。”

赵洋听得两眼放光：“这哪儿是罐头食品，简直是法式大餐！”

砦大厨矜持地一笑。

“贺大厨，您呢？”

“有砦大厨珠玉在前，我的可能就没那么高大上了。”贺大厨微笑，“我会用罐头水果和虾仁一起拌一个泰式沙拉，嗯——飞鱼籽炖蛋，再做一个凤尾鱼罐头炒饭。”

“贺大厨另辟蹊径，选择操作性超强，在家就可以完成的菜色，与砦大厨的思路截然不同。”赵洋圆胖的脸上露出一点狡黠的笑来，“看来在两位大厨这里，是难分高下了。”

贺大厨摆摆手：“我比厨艺学贯中西的砦大厨还差得远，要向訾大厨多多学习！”

“哪里！哪里！我们互相学习，共同进步！”訾大厨连忙拱手，自谦。

“那以两位的经验，比较担心今天哪一位选手？”赵洋转而问。

訾大厨望向贺大厨。

贺大厨方方正正的国字脸上浮起一抹沉思，片刻后才答：“我比较担心三十七号任萱媛，前三场她都勉强晋级，如果这一次没有补位选手，她可能已遭淘汰。”

“訾大厨呢？”

“我其实比较好奇补位选手的表现。”訾大厨眼神投向休息区外，“我想看看她怎么在比赛中做好时间管理，充分利用这三十分钟，以罐头食品为原料，做出三道色香味形俱全的菜肴来。”

贺大厨徐徐点头：“在烹饪过程中，如何把控时间，掌握火候，在最完美一刻呈上菜品，都是很有讲究的。如果没有足够丰富的实践经验，很容易在比赛中露怯。”

通过海选的五十名选手，在最初两场正式比赛中被淘汰的二十人中，大多数都存在这一问题。

“海选报名上传的视频，选手做菜没有时间限制，可以反复录制直至完美，甚至可能有厨艺比较好的亲友从旁指导。”訾大厨补充，“虽然能一定程度上了解选手们的烹饪水平，但其中必然含有水分。到正式比赛，题目由飞行嘉宾拟定，节目组也只能提前一到两天获悉内容，选手们根本无从准备，很多人的短板就暴露了。”

对中西烹饪菜式了解不多、烹饪技巧不够扎实、时间管理不到位……导致手忙脚乱和心态崩溃，进而影响比赛结果。

“其实我倒不担心郁远兮的时间管控，毕竟她是出了名的时间掐得准。”赵洋面上有笑。由郁远兮主持的节目，到广告时段，她一定正好说完最后一个字，都不必导播刻意提醒。

三人说话的工夫，外头压力赛已经过半，导演提醒选手们注意时间。

远兮取出微波炉里的土豆，倒进准备好的冰水中，再逐个拿出来，左右手握住土豆，轻轻朝两边用力一捏一扯，事先拦腰轻划一圈的土豆皮被轻轻松松剥下。

不一会儿她已剥好一沙拉碗土豆，转而拿过压泥器，将一碗剥得干干净净的土豆压成土豆泥，开一罐油浸金枪鱼罐头，以叉子横在罐口，滗出里头的橄榄油，鱼块用叉子压成鱼肉碎，倒进沙拉碗里。

远兮抬头看一眼电子屏，还有九分钟，对她来说算不上绰绰有余，但已足够。

因远兮是补位选手，她的料理台被安排在其他选手之后，她能看见有人已经开始摆盘。

但这并不影响远兮对自己烹饪节奏的控制。

她把一捧洗干净并擦干水渍的鹅卵石缓慢放进热油锅中，这才慢条斯理地捧起不锈钢料理盆，里头盛有刚才倒出来的金枪鱼罐头中的橄榄油，加入两颗鸡蛋黄，电动打蛋器打均匀后，依次放少许芥末、几滴柠檬汁、一小撮海盐和一小勺苹果醋，再充分搅拌成浓郁顺滑的芥末蛋黄酱，然后与土豆泥、金枪鱼一道，翻拌均匀。

时间仅剩五分钟。

油锅里的鹅卵石被热油炸得油光锃亮，远兮微笑，转身取过一口平底锅，将早就切好的午餐肉粒文火温油煎到油脂析出，倒入白馒头粒，煸得馒头粒金黄酥脆，临出锅前撒一点孜然椒盐，一把葱花，平底锅一颠一翻，顿时香气四溢。

“还有最后两分钟，选手们请抓紧时间。”总导演扬声道。

现场除了摄影师在近距离拍摄选手和她们的菜品，每一个工作人员都屏气敛声，生怕影响选手们的发挥。

“最后三十秒！”

“最后十秒！”

“五、四、三、二、一！时间到！”导演宣布，“所有人停止烹饪。”

包括远兮在内五人通通举起手远离料理台。

工作人员将她们的菜品呈上评委席，助理导演去休息区将两位大厨和赵洋请回比赛现场。

赵洋与砦大厨、贺大厨先一一查看菜品色香形，三人时而微笑低语，时而蹙眉讨论。

“砦大厨，西蓝花与辣金枪鱼沙拉，您认为如何？”赵洋恪尽主持人之职，不时提问。

“营养价值其实是一样的，不过——”砦大厨卖关子，“西蓝花要处理得当，焯水时间不多不少，既不能太生，也不能太老。”

他拿叉子取一点西蓝花辣金枪鱼沙拉送进嘴里，品了品：“西蓝花过水时间太长，沥水又不够彻底，西蓝花软烂，还水唧唧的，导致水油分离，影响口感。”

赵洋同贺大厨试吃一口，点头同意砦大厨观点。

贺大厨踱至下一位选手的菜肴前：“嗯……鲜蔬水果沙拉，中规中矩，没有太多惊喜。金针菇培根卷，砦大厨，这倒和你的思路相似。啊，做了三种卷饼。”

贺大厨向工作人员要过餐刀，利落地切开三只卷饼，用刀刃比画切面：“里头分别卷着生菜、番茄、酸黄瓜和火腿片，还有辣味金枪鱼卷和黑松露鹅肝酱卷，倒是用了不少心思，可惜仍缺乏一点点创意，不足以教人眼前一亮。”

三人继续移至另一位选手的菜品前。

这位选手的冷菜、热菜与主食都做得非常精致。薯片做容器，上头承托着番茄黄瓜丁虾仁香草沙拉，淋着意式油醋汁；午餐肉切片煎得两面金黄，配以西葫芦烩芦笋，搭墨西哥莎莎酱；圆盘里盛有米饭，上头铺着满满一层牛肉酱，辅以大量球生菜丝、彩椒丝，最上层放着一颗温泉蛋，最后用蛋黄酱在上面挤出好看的网格形状。

三人品尝过后，一致给予好评。

“这位选手的主食较有新意，至少跳出了用饼皮卷罐头食品的窠臼。”贺大厨颇为满意，“看来压力有时候能变成动力。”

“把午餐肉当牛排一样煎透，以热力逼出里头油脂，佐以清爽的西葫芦烩芦笋和辛辣微酸的莎莎酱，巧妙中和了午餐肉的油腻感，思路非常清晰。”砦大厨对选手的西式烹饪技巧赞赏有加。

“看来这位选手本场比赛应该暂时安全了，让我们看看下一位选手的菜肴。”赵洋引两位大厨继续点评第四位压力赛选手的菜品。

三人终于走到最后一桌。

“金枪鱼土豆泥沙拉……”砦大厨取沙拉勺舀一勺送进口中，细细品尝，随后招呼贺大厨与赵洋，“咦？！老贺，赵老师，你们试试，看看能否吃出其中奥妙？”

贺大厨同赵洋被勾起好奇心，分别试吃。

“吃出来了吗？”砦大厨问。

“这是……”贺大厨半眯了眼。

“沙拉酱的味道，又好似与别的不同。”赵洋不太确定。

贺大厨与砦大厨却同时点点头，贺大厨示意砦大厨解惑。

“这位选手非常聪明，选择油浸金枪鱼做沙拉。用橄榄油浸金枪鱼罐头，金枪鱼的肉质更润滑细腻，风味更醇厚浓郁，与土豆泥同拌不会出水。还有一点，食用者往往会嫌罐头里的油有鱼腥气而弃之不用，但这位选手用罐头中自带的橄榄油制作芥末蛋黄酱，芥末的辛辣既摒除了其中的鱼腥味，原罐橄榄油又带出特有的海洋气息，非常、非常有创意。”

“同理，番茄凤尾鱼罐头里的汤汁也不要丢弃，稍微加热，放些洋葱、罗勒，可以做意大利面的酱汁，风味相当独特。”贺大厨补充。

“两位大厨今天真是让我大开眼界，获益良多！”赵洋感叹不已，“我虽然爱吃、好吃，但离懂吃、会吃，尚有距离。”

砦大厨凑近金枪鱼土豆泥沙拉旁一个巨大陶盘：“这盘鱼排，就这么吃？”

黑陶盘中堆叠着一层鹅卵石，鹅卵石上又撒着洋葱碎和罐头蘑菇碎，再上面是一整块罐头三文鱼排，表面撒着些罗勒、迷迭香碎末，看起来简单到近乎潦草。

一边跟拍导演笑着递上一支打火枪：“选手说请评委亲自动手。”

砦大厨接过打火枪，往镜头方向看了一眼：“让我们看看这位选手故弄什么玄虚。”

黑陶盘端上评委席已经有些时间，摆放在鹅卵石和洋葱蘑菇上的三文鱼排看起来并不起眼，甚至显得有些单调乏味，可当打火枪“叮”一声打着，火苗凑近蓝色陶盘，瞬息间，一簇蓝色火焰在黝黑陶盘上燃起，白兰地的酒香迅速在空气中蔓延开来。

火焰在鹅卵石缝隙间蓬勃，鱼排表面的香料碎屑受热卷曲又舒展，复又卷曲，植物挥发油受热，发散出浓郁香气，与酒香混合在一处，奇异又协调。

这簇充满生机的蓝色火焰并没有燃烧太久，便缓缓熄灭，为三文鱼排和铺垫的洋葱与蘑菇留下一层好看的焦糖色和扑鼻异香。

砦大厨转过脸，对贺大厨与赵洋挑眉：“这位选手很有想法嘛。”

他做一个“请”的手势，邀两人和他一道品尝这道火焰三文鱼排。

贺大厨切一角鱼排搭配洋葱与蘑菇，一边细细咀嚼，一边频频点头。吃完一角鱼排，他拿餐巾擦一擦嘴：“这位选手非常有心。”

“怎么说？”赵洋做请教状。

“罐头三文鱼排，经过熟制加工，整片鱼排可开罐即食，若放进烤箱或者平底锅加热，鱼肉会过老，影响食用时的口感。像她这样，以滚烫鹅卵石打底，铺垫一层富含水分的蔬菜做隔热缓冲层，再放三文鱼排，起缓慢加热作用。在我们品评其他选手菜肴时，保证鱼排不会冷却。”贺大厨轻笑，“终于有一个愿意动脑筋的选手了。”

“那最后倒上白兰地，用打火枪点燃的目的呢？”赵洋追问。

“当然是迅速提升三文鱼排表面温度，制造视觉享受之余，也燃烧鱼排表面残余油脂，通过炙烧带来层次更丰富的口感。”砦大厨笑道。

赵洋拊掌：“火焰鱼、火焰虾，我倒吃过，调味都以辛辣为主，颇刺激味蕾。但这款火焰三文鱼排，吃在嘴里却非常清新，鱼的肉质细腻富有弹性，一点点酒香在酒精燃烧殆尽后的余韵，恰到好处，绝不喧宾夺主。”

三人都给这盘起初看起来平淡无奇的三文鱼排极高评价。

“吃过这位选手做的火焰三文鱼排，再看她的这份主食。”赵洋示意镜头拉近餐盘，“有点期待，又怕失望。”

浅白餐盘里是煎得金黄的馒头粒和午餐肉粒，上头包裹一层淡淡的金咖色孜然粉，点缀着碧绿葱花，在所有五款主食当中，看似最不起眼。

三人取调羹试吃。

“嗯？！”赵洋圆脸上露出意外表情，“馒头粒经由午餐肉析出的油脂一煎，再撒上孜然粉，又香又脆，午餐肉丝毫不腻，两种食材搭配，相得益彰。”

“能将朴实无华的食材，烹饪出超越想象的美味，是所有厨师所追求的。”贺大厨放下调羹，“我真的很期待与这位选手面对面。”

“现在到揭晓谜底的时刻，节目组将揭晓究竟哪份菜肴由哪位选手制作，请大家不要走开，我们马上回来！”赵洋正对镜头，胖手一指，说串场词。

助理导演往休息区将五位待定选手请回比赛区。

五人一字排开，站在评委席前。

“本场压力赛五位选手，都出色地完成比赛，做出令人赞叹的美食。”赵洋朝旁展臂，“下面有请评委砦正俊砦大厨和贺隆贺大厨点评。”

砦大厨与贺大厨相互推让一番，照例由砦大厨先行评价。

“彭萌萌做的冷菜、热菜、主食，完成度非常高，洋葱午餐肉蛋炒饭不油不腻，米饭颗粒分明，很见功夫。遗憾的是西蓝花辣金枪鱼沙拉在烹饪过程当中，西蓝花没能沥干水分，影响沙拉口感。彭萌萌选手还需多用心钻研厨艺。”砦大厨犀利点评。

彭萌萌抿抿嘴唇，点点头。

“小邝选手做了鲜蔬水果沙拉、培根金针菇卷和三种卷饼。”贺大厨朝被点评的年轻选手微笑，“都比较中规中矩，不过不失，有些缺乏创意。我觉得以你的厨艺，稍微走出舒适区，尝试挑战一下自己，也许会有出人意料的惊喜。”

“谢谢贺老师！”成绩不尽如人意，小邝倒豁达得很。

“居浅葶——”砦大厨略拉了个长音。

居浅葶紧张到捏紧围裙。

砦大厨笑意在眼角泛开：“三场比赛，都在被淘汰边缘，是不是给你造成不小的压力？”

居浅葶承认：“是。”

“我觉得压力也给你带来了动力。”砦大厨似笑非笑地问，“还是你前几场一直保存实力？”

居浅葶拼命摇头。

“砦大厨您就不要卖关子了，看把小居选手紧张得，汗都出来了。”赵洋善尽职责，引导话题。

“居浅葶今天超常发挥，或者说终于发挥出她应有的水平，色香味形意有很大提升，不错，继续努力！”

第四位选手存在感微弱，三位评委一致认为她严重跑题，没有将罐头食品作为主要食材，反以原料间的新鲜果蔬鱼虾为主，罐头食品仅作为辅料添加在菜肴中，与比赛主题背道而驰。

评委的视线终于落在远兮身上。

赵洋笑问：“从主持人到补位选手，身份转变，有什么感想？”

现场多个镜头聚焦远兮，务必要捕捉她脸上最细微变化。

远兮扬眉，朗然直言：“作为烹饪比赛选手，并不比主持人轻松。”

“下面有请砦大厨进行点评。”赵洋朝砦大厨点点头。

砦大厨肯定远兮的菜品：“超乎预期，堪称惊艳。”

“小郁平时是不是经常下厨？”贺大厨好奇，“就业余选手而言，你的烹饪技巧已相当成熟，完全达到专业厨师水准。”

“家父年轻时经常带全家露营，常要自己动手野炊。”远兮并不讳言，“我的厨艺就是这样锻炼出来的。”

贺大厨闻言哈哈大笑：“被你这样一说，我忽然怀念起以前在河边摸鱼的时光。摸上来的鱼稍微处理一下，遍抹粗盐，穿在柳枝上，拿鹅卵石垒一个简灶，埋上些枯枝报纸，生一簇旺火，将鱼在火上烤得焦黄香脆……”

“教你说的，我都馋了！”砦大厨也不由得笑起来，“录完节目，我们吃烤鱼去吧！”

“你觉得本场压力赛，谁该留下，谁应淘汰？”赵洋在总导演示意下，将犀利问题抛向远兮。

“我相信评委们会以专业标准决定选手去留。”远兮才不上他的当。

赵洋弥勒佛似的圆脸上露出一个“你不要怪我啊”的表情：“评委们将进行最后讨论，请选手们回休息区等候。”

五名选手鱼贯退场，回到休息区。

表现不佳的魏橘一走进休息区，便伸手大力推搡她面前的座椅。

椅背上的金属框架撞在铸铁长桌边沿，发出刺耳声响。

其他人被碰撞声惊得脚步一顿，齐齐回头。

“凭什么我要多接受一场压力赛？”魏橘似自言自语，又仿佛质问在场所有人，“施西没能在规定时间内完成比赛，直接淘汰她不行？”

其他人不搭腔，远兮静静站在一旁，既然节目组不出面干涉，自然由她去。

“说什么投票决定补位选手，我们有的选吗？！”魏橘见无人制止，与她同时面临压力赛的选手无一站出来声援她，心一横，伸手朝远兮一指，“她本来就是节目组助理，联系嘉宾、安排赛程，由她一手包办，对比赛内容了解得一清二楚！搞不好节目组事先透露了这次压力赛的主题给她！”

见她不反思自己与别人差距在哪里，先将矛头指向自己，远兮一怔，随即失笑。

“不服气？”她讲话字正腔圆，声音不高，并不吊高眉毛斜眼看人，却有风雷隐隐之意。

“对！不服气！不服气怎么了？还不让人说？”众人视线都落在魏橘身上，好像给了她对抗下去的勇气。

“不服气，说有什么意思？不服气就再比一场。”远兮表情淡然，“主题由你拟定，由所有参赛选手匿名投票，我们各凭本事。”

远兮从来不害怕比赛。

公平公正公开的较量，她一向欢迎。

她不能任人这样往她身上泼脏水。

魏橘要是痛快应战，远兮还敬她是敢怒敢言真性情。

可惜，魏橘闻言一噎，并不接招。

她确然无法保证在匿名前提下，必定在投票中胜出。

她的本意只想先声夺人，使节目组碍于舆论因素，不将自己淘汰而已。

然而郁远兮再比一场的提议，无疑将她置于进退两难境地。

比，未必会赢；不比，败局已定。

魏橘一张脸涨得通红，与不能晋级相比，周遭竟没有一个人上来劝说解围，更令她难堪。

助理导演恰在此时请选手返回比赛区，听取最终结果。

远兮离出入口最近，率先走出休息区，其他人也相继往外走。

魏橘沉着脸，站在原地，一动不动，连带她那组拍摄人员也全数留在休息区。

助理导演不解，上前询问：“怎么了？有什么问题？”

魏橘解下系在腰间的围裙，“啪”一下扔在地上：“这比赛，我不比了！”

年轻的助理导演闻言，脸上表情凝固两秒，随后缓缓摇头：“这我做不了主……”

“那你找能做得了主的人来！”魏橘干脆豁出去。

助理导演很快请总导演过来。

总导演手捏台本，脸色如常，一副万事好商量模样。一进门，先伸手从一旁自助吧台取一瓶柠檬水，笑眯眯拧开瓶盖，递给魏橘。

“先喝口水，有什么事，慢慢说，不要意气用事。”

他跟大胡子见过太多选秀节目选手，在竞争激烈的比赛当中，从一开始的飞扬自信，到渐渐失衡，欠缺能力，又嫉妒他人的优秀。

对光鲜亮丽的名利场的向往，容易教人迷失。

能保持一颗初心的人，并不是没有，只不过实在太少。

魏橘接过纤细沁凉的玻璃瓶，捏在手里，面色缓和下来。

“我觉得节目组压力赛安排有失公允……”她向总导演抱怨，“我不想在这种不公平、公正的氛围里继续比赛。”

“哦？”总导演和颜悦色，上身微倾，认真聆听。

“施西既然无法完成比赛，按赛制直接淘汰啊，为什么要空降补位选手，额外再多一场压力赛？这对我们不公平！”魏橘越说越觉得自己有道理。

她只等节目组方面觉得理亏，好声好气劝慰她，她趁机顺坡下驴。

“那你觉得怎样才算公平？”总导演有些好笑地问，“郁远兮因比其他选手少赛三场，补位参赛，所以未来不管正赛她成绩多优秀，都必须参加三场压力赛，这算不算公平？”

魏橘一噎，强词夺理：“她能参赛，本来就名不正、言不顺，对我们不公平。”

“考虑清楚了？”总导演问。

“如果节目组能重视选手意见……”魏橘以为达到目的。

总导演轻轻叹息：“既然你考虑清楚了，节目组尊重你的决定。”

本以为将事情闹开来，节目组出于舆论考虑，也会息事宁人的魏橘闻言，脸上露出一丝茫然。

就差没被指着鼻子说空降补位关系户的远兮淡定如常，其他选手噤若寒蝉，场面十分尴尬。

在短暂却又漫长的沉默过后，魏橘恍然醒悟，补位参赛、赛程变更，根本不容置喙，她唯一能做的，要么是维持最后一丝尊严，上台接受评委毫不留情的点评，承认自己技不如人，要么就此狼狈地退出比赛，留下一个输不起的黯然背影。

魏橘环视众人，暗暗咬牙，随后一笑：“但愿节目组的不公将来不会落在你们头上。”

她昂起头，直视远兮：“你如愿啦？希望你能笑到最后。”

说完，她不再纠缠，跟随工作人员，从旁边侧门离开录影棚。

老辣如总导演如何听不出魏橘最后两句话意有所指？他笑眯眯拍手：“好啦，走走走，我们去听评委老师宣布压力赛结果。”

稍早发生的事，仿佛是一段无足轻重的小插曲，未能在这人员众多纷杂的节目组激起任何水花。

第十八章

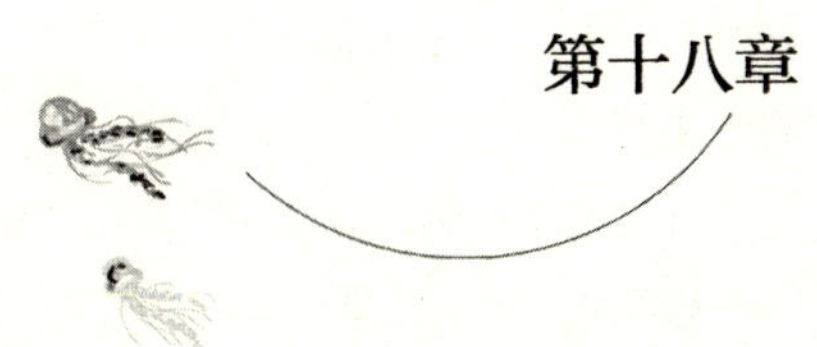

“结果要出来了！”选手宿舍中，几个女孩子团坐在沙发上，紧张地互相握住彼此的手。

无须参加本场压力赛，使得她们可以坐下来，通过电视机第一时间收看压力赛实况。

选手们只能看到赛场中评委之间彼此交谈的画面，并不知晓休息区内发生的变故，这时见压力赛选手重回画面，不由得屏气凝神。

“怎么少了一个人？”柳凝心细，微微蹙眉，问。

“咦？真少了一个……”乔笑绵伸手在画面中数了数。

实况画面传自谷仓一处位于烹饪区后上方的固定机位，镜头拉得略远，要仔细辨认，才分辨得出来。

少了魏橘。骆佳馨朝乔笑绵比手势。

大抵因为听力缺失，出于生理代偿机制，她视力绝佳。

“魏橘啊——”柳凝轻喟，意味深长。

虽然女孩子们之间存在竞争，但一群年轻人生活在一起，很快便打成一片，初时看起来有些难以接近的柳凝，真正相处，也不似看上去那么高不可攀。

乔楚拿手肘碰一碰柳凝腰侧：“你一点也不意外吧？”

柳凝点头。

宿舍里前两天已有传言，今天这场压力赛将淘汰不止一位选手。

封闭式拍摄易于节目组对选手进行管理，不受外界干扰，缺点是选手们无法第一时间获取信息，工作人员之间的一句话、一个眼神，都能引起各种猜测，进而生出时而靠谱、时而离谱的传言。

对她们这些已安全晋级下一轮的选手来说，多淘汰一人，就少一个可能逆风翻盘的强力竞争对手，然而对于不幸垫底的选手，传言无疑令她们压力倍增。

“魏橘三场比赛均垫底进入压力赛，心态其实早已崩溃。”安萍萍捧着一杯蜂蜜柚子水，试图加入谈话。

柳凝瞥她一眼，注意力放回面前屏幕上。

“快看！要宣布了！”乔笑绵捉住骆佳馨的手，紧紧握住。

画面中，三人安全留到下一轮比赛，一人黯然摘下围裙，与其他三人拥抱，告别，转身离开。

真好，远兮姐晋级下一轮了！骆佳馨嘴角噙笑，与乔笑绵击掌。

柳凝伸个懒腰，自沙发上起身：“自今日开始，你们同她是竞争关系，有什么可开心的？”

骆佳馨读懂唇语，抿嘴，有些倔强地仰头盯着柳凝。

乔笑绵安抚地拍拍她，朝柳凝微笑：“可是能和自己的偶像一起比赛，共同进步，不是很教人开心的事吗？”

柳凝嗤笑：“阿呆。”

说完径自上楼。

大咧咧脾气火爆的乔楚倒不太在意她的态度，挥挥手：“我看她也没什么坏心，无非是人生从小到大，说话从来不必拐弯抹角，直来直去惯了。”

“对，她自始至终，都是这副腔调，并不针对任何人。”安萍萍终于找到共同话题。

她做和事佬不成，里外不是人，颇受冷眼孤立，日常只好缀在乔笑绵几人身后，至少她们不会主动拿冷言冷语对她。

这时魏橘在工作人员陪同下返回宿舍，安萍萍主动迎上前：“魏橘……”

魏橘脸色阴沉，胡乱对她点点头，就要上楼。

“你没事吧？”老好人安萍萍忍不住问。

选手管理员在一旁催促：“我们该去整理行李了，送你出去的车已在门口等你。”

“和朋友们道别都不可以？”魏橘语气不佳，像是随时会吵起来的样子。

“我陪你上去整理行李。”安萍萍想缓和一下气氛僵硬的场面。

“不用。”魏橘冷声拒绝，“我同节目组签了保密协议，他们怕我说什么不该说的给你们听。”

负责她的选管脸上露出些许尴尬神色，没作声。

魏橘冷笑一声，一边提步上楼，一边头也不回地对站在楼下的几人说：“你们也不要太天真，以为凭自己本事就能走到最后。这节目黑幕重重，一百万奖金最终花落谁家，还不是资本说了算？”

“魏橘！”选管面上不豫，轻喝。

魏橘加快脚步，一阵风似的刮上楼，不久便拎着拉杆箱返回，随选管走出宿舍，登上等在门口的电瓶车。

留下几个女孩子面面相觑。

选管经理出来打圆场：“好了、好了，时间差不多，把茶几上的果皮纸屑清理清理，等一下大家一道吃饭，庆祝晋级。”

远兮和与她一起晋级的两位选手回到宿舍，迎接她们的是底楼餐厅热闹非常的欢迎晚餐。

乔笑绵离得老远就向远兮招手，等她走近，将她拉坐在自己和骆佳馨之间：“远兮姐，坐这里！”

隔着几人，伍明媚冲远兮举杯：“比赛期间不允许喝酒，我以茶代酒，祝你们晋级！”

远兮抓起面前一罐酸奶，遥遥示意：“谢谢！”

没人提及扫兴的话题，气氛轻松圆融。

选管们推着餐车走进餐厅，即使有保温罩隔绝，空气中仍传来阵阵诱人香气。

当保温罩被一一揭开，餐厅里爆发出一阵热烈欢呼。

裹着一层金黄香酥外衣的咸蛋黄焗小龙虾、铺叠在喷香洋葱碎上的蒜蓉小龙虾、油汪汪红澄澄的麻辣小龙虾，还有烟雾缭绕仙气十足的清水冰镇小龙虾……这是一场小龙虾飨宴。

“导演有这么好心，请我们吃小龙虾？”有选手已然渐渐摸清节目组套路，深知天上不会掉馅饼，分组挑战赛输了的人尚且要去厨房帮厨，吃完这顿小龙虾，还不知道会有什么大招在等她们。

“郁助理应该知道接下来会有什么‘惊喜’在等待我们吧？”伍明媚两手食指中指竖在耳边勾两勾，笑容里带一点狡黠。

远兮坦然回望：“我也希望导演组不要连夜开会变更比赛主题，让我占得先机，可惜……”她遗憾地一摊手，“从补位参赛那一刻起，接下来的比赛形式、内容已不在我所知范围内。”

伍明媚剥小龙虾的手丝毫不停：“有点小期待，想快点看到郁助理——啊，不，郁姐在正式比赛中的表现呢，呵呵呵。”

骆佳馨不解地微微向前倾身，抬手问乔笑绵：她在暗示什么？

她有一点点傻。乔笑绵食指拇指靠得极近：想挑拨我们与远兮姐，希望我们之间产生矛盾。

远兮伸手拍拍坐在她两侧女孩子的肩膀："天可以放到饭后再聊，热辣小龙虾不等人，千万不要小看女生们的战斗力。"

她们讲话的工夫，一大盘奶香扑鼻的黄油芝士小龙虾已经见底，几个懂吃会吃的选手取了桌上烤得金黄微焦的蒜香面包，撕成小块，蘸取盘中最美味的汤汁，往嘴里送。

"这小龙虾好好吃！"乔笑绵双眼放光，"个头又大又干净，虾肉紧实有弹性，师傅烹饪手法老道，每只虾都熟得恰到好处，入味均匀……这是我近年来吃到的最美味的小龙虾！"

远兮点头赞同她的观点。

一道清水冰镇小龙虾最考验厨师功力，也最能体现小龙虾品质的优劣。

若经洗虾粉处理过，小龙虾肉质会受影响，口感大打折扣，只有真正清水养殖品质一流的小龙虾才经得起这种烹饪方式的考验。

美食最能拉近人与人之间的距离，一桌火红热辣的小龙虾，令人吃得额头冒汗，也迅速打开大家的话匣子。

不知谁先说起如果在比赛中胜出，准备用奖金做什么的话题。

"我要是能获得这笔奖金，就把父母从老家接到浦江来，盘一处沿街门面，开一家正宗黔菜馆子，用最地道的贵州食材，做最美味的家乡美食。"一个皮肤黝黑，讲话带一些乡音的大眼睛女郎，脸上满是憧憬的神色，"腌萝卜酸溜溜，拌酸笋脆生生，干锅鸡香喷喷，肠旺面辣蓬蓬（很辣）……配上我们家自制的放了花生碎、猪油渣的特色酸辣蘸水，那味道真是……"

伊毫无形象地吸溜了一下口水。

餐厅里爆发出一阵善意的哄笑声。

人人对未来充满无限向往，每一张脸都洋溢着青春的光彩。

“如果我有幸胜出，我想要开一家属于自己的本帮菜餐厅。餐厅不必大，能容得下三五张方桌即可，门口对住热闹街市。夜晚时分，我端出已渐渐失传的本帮菜品，老饕据案小酌，身边是红尘烟火气，抬眼望出去，是繁华夜色。”乔笑绵低声对远兮说。

几个坐得近的女郎听了，悉数露出向往神色。

能有这样一家独属于自己的小小餐馆，按照自己的喜好装修布置，做自己最拿手的好菜，以飨懂得个中真味的老饕，再累也不觉得辛苦。

远兮姐，你呢？你若赢得最终胜利，打算做什么？骆佳馨问远兮。

我？远兮侧头想一想。

她原本并无计划参加厨艺比赛，所以也不曾设想如果赢得比赛，要做什么。

可听到女郎们对未来的期许，一向沉稳冷静的她心中，忽然生出一股前所未有的冲动，想抛开求学、工作以来，重重加诸她的标签，任性做一回自己。

“我想制作一档能让每位嘉宾都放肆表达内心的节目。”远兮笑着伸出自己的手，纤长干净的手指在空中一抓，仿佛将看不见、摸不着的未来抓在手心里，“抛开人设，不矫饰，不掩藏。”

那我们都要努力！骆佳馨眼底含笑，手势打得飞快，我是不会对远兮姐手下留情的。

“我也不会哦！”乔笑绵一把搭住骆佳馨的肩膀。

两人眼神碰在一处，齐齐微笑。

远兮的反应，是再次举起酸奶，致意：

加油！

晚餐在活泼热闹气氛中结束，舍管取过几个分类垃圾桶，叮嘱选手们将餐厨垃圾分类丢弃。

伍明媚甩手："手上一股子小龙虾味，擦也擦不掉！我先上楼洗澡了。"

"谁手上不是一股小龙虾味啊？"乔楚朝伍明媚背影喊了一嗓子。

伍明媚不在意地耸肩。

"那你也上楼去洗澡吧，这里我们来收拾。"安萍萍老好人病发作。

"我是那种看到脏活累活就撂挑子的人吗？"乔楚瞪她一眼，轻嗤，将餐桌上一堆小龙虾壳没头没脑地通通扫进湿垃圾桶里。

"空酸奶盒是干垃圾！"乔笑绵眼疾手快，把她扔进湿垃圾桶中的酸奶盒拣出来，转投干垃圾桶。

"你索性将空盒洗干净压扁，送去可回收垃圾算了。"乔楚嘴上不饶人，却不自觉对正要归拢到一处的垃圾进行分类。

二十几个人合力收拾餐厅，不多会儿便将堆满小龙虾壳与餐余垃圾的长桌收拾干净，又分别将干、湿垃圾装进不同颜色的大垃圾袋予以区分，舍管用小推车把几大袋垃圾送往指定垃圾回收点，每日会由专人将垃圾清运走。

晚餐结束，选手们三三两两，结伴散去。

远兮洗净手，从休息区放置的果篮里拿一个苹果，对乔笑绵和骆佳馨扬手："你们先上楼洗澡，我出去走一圈。"

在节目组封闭拍摄，不方便打拳健身，远兮退而求其次，以饭后散步代替练拳。

十一月中旬，七点半夜色已浓。

远离市中心的农庄里除了农舍和谷仓还亮着灯，其余建筑通通陷入一片无人的黑暗当中。

农庄主路两旁，每隔一段距离，便有小小路面灯透出柔和暖光，整条主路如同一道不知通往何处的银河，静谧悠长。

远兮凝神静气，手边的苹果散发出诱人甜美香气，不远处有秋蛩不停振翅鸣叫，越过农庄，望向远天，国际主题游乐园的七彩镭射光束刺破夜空，魔幻异常。

直到将近大门，门卫室里一道人声传来，她才意识到自己已经走出来这么远。

远兮驻足。

老杨在大火中被烟熏坏了嗓子，声音总有些嘶哑，这时正跟着广播里播放的宁波滩簧，抑扬顿挫地唱：

> 未曾开口我泪先流，伤心之事难启口。为兹过上好日脚（日子），我是劳碌奔波余半生。总指望养儿防老有所依，从此安稳度晚年。又谁知天有不测起风云，三个儿子不争气……

老杨一把烟嗓唱得荡气回肠，沉浸其中难以自拔。

许凌昀拍一拍他肩膀，走出门卫室，一抬眼，与茕立在夜色中的远兮望个正着。

他快步走到远兮身旁："恭喜你通过压力赛。"

"你已经知道了。"远兮失笑。

"嗯，知道了。"他双手插在裤兜中，视线落在她的手上，"吃过晚饭了？"

远兮点点头，顺着他的视线看向手中的苹果，遂两手包合住苹果，拇指扣在果蒂处，稍一用力，将拳头大的苹果一掰为二，递半个给许凌云。

许凌昀接过半个红彤彤的苹果，吹口哨为敬："力士！"

远兮咬一口苹果，又甜又脆的口感教她愉悦地微笑。

“家父是退伍军人，只得我一个女儿，他老人家年轻时，完全把我当儿子一般教养。五公里负重越野一年四次是标配，心血来潮翻山越岭、跨河下海搞野外生存更是数不胜数。”远兮笑眯眯地再啃一口苹果，“扎营搭帐篷、垒灶生柴火、采摘渔猎做饭，通通自己动手。以我从小锻炼出来的力气，掰个苹果，轻而易举。”

许凌昀捏着半个苹果抱拳：“请提醒我，万勿得罪你。”

两人并肩在夜色中往回走。

“不回家？”远兮问。

“明天苗圃会运一批维纳斯黄金苹果种苗来，所以今晚我留下来值班。”许凌昀咬一口苹果。

“秋末冬初栽种果树？”远兮好奇心大胜。

许凌昀点头：“传统种植主张春季栽种，认为这样果树成活率高。现代种植经过多年实践，发现种苗在秋天种植，根系成长更茁壮，成活率较春种有显著提高，病虫害也大幅减少。”

远兮一点即明：“营养不必供给树叶，根须获得足够养分，且害虫怕冷，跑去冬眠？”

许凌昀颔首：“差不多就是这样。”

“真是颠覆我多年以来想当然的认知。”远兮感慨。

“我第一次随顾问蒋工到大型现代化养殖场参观，那才叫震撼。”许凌昀双臂伸展，“巨大养殖场一眼望不到尽头，家畜在干净的畜栏中有充足活动空间，每天到室外草地放养，接受日晒，吃秸秆、谷物发酵饲料，粪便、尿水通过专门收集管道注入沼气池。空气中虽然难免有牲畜气味，但绝非传统畜牧养殖业那种难以忍受的恶臭。”

所以当他参观回来后，将农场原有的旧猪圈、鸡舍、鸭棚全部拆除，按照现代化养殖业标准重建，无论采光、通风，还是放牧、喂食，悉数采取科学生态方式。

“农场有如今的规模，你一定付出了巨大努力。”远兮无法想象一个从来没有接触过农、牧业的人，要如何咬着牙，一步一脚印，将这座农场运营成今天这副欣欣向荣的光景。

亲自下地收割水稻，镰刀尖戳进脚背，血流如注，大概只是其中艰辛的万一。

“还好。最苦的日子已经过去。”许凌昀笑出一口白牙，“现在手里有点钱，就忍不住折腾，引进新品种果树、更具有经济价值的鱼苗。”

“累，并快乐着。”远兮感慨。

“是。”他承认。

不短一段路，一会儿便走到岔路口。

“我该回去了。”远兮指指宿舍方向。

“我也……”许凌昀想与她道别，他的手机在这时响起。

他只得朝远兮挥手，站在岔道口，从裤袋中摸出款式老旧的手机，看一眼来电显示。

手机是五年前的机型，黑色金属外壳已磨得漆水剥落，露出里头银色边角，因摔过好几次，全凭一张手机膜，屏幕上的裂纹才没有继续扩大。

早两年是因为欠着一屁股债，没条件换手机，后来是因为忙，无暇更换，一个古董手机，一路用到现在。

五年之后，前女友秦恩琦的名字忽然再度出现在屏幕上，许凌昀内心却并没有他曾以为的那样波澜起伏。

“喂。”他接听电话。

“凌昀。”电话彼端，秦恩琦沉默片刻，轻唤他的名字。

她声音隔着听筒，落在许凌昀的耳中，仍甜美一如往昔。

“你好。”他意态从容。

“这些年……”秦恩琦犹豫两息，问，“你还好吗？”

“托赖，还过得去。”许凌昀答得平淡，多少艰难，都付诸一笑。

秦恩琦一窒，满腹要说的话，一时竟无从说起。

“有事？”他的视线追逐在岔路上还未走远的远兮。

“我心里很难过。”秦恩琦放软了声音，带着一点点乞求，“对不起，我代鸿程向你道歉……”

许凌昀低笑，沉沉的声音在夜色里荡开：“为什么？”

为什么？秦恩琦嗫嚅：“凌昀，你不要这样……”

“我还有事，就不聊了。”他准备挂断电话。

“凌昀！”秦恩琦提高声音，叫住他。

“恩琦。”许凌昀叹息，“你找我，究竟所谓何来？”

“凌昀，有时间的话，我们见一面吧。”秦恩琦终于道。

许凌昀颇觉意外。

他不认为有必要见已嫁作人妇的前女友，何况他们之间的分手，绝谈不上愉快。

“凌昀，请答应我。”恩琦的声音，百转千回。

“最近忙，过段时间再说吧。”许凌昀轻轻对电话那头的恩琦说道，说完，他率先挂断电话。

他想，以她的聪明，应该听得懂他婉转的拒绝。

许凌昀将手机握在手心里。

四十七秒，手机还没来得及发烫，已结束通话。

“喂，你没事吧？”夜风里，倏忽传来一声询问，女郎的声音清凌凌如一道冷泉，濯洗浇灌他干涸荒芜的心田。

许凌昀眉目间那一丝冷然散去，对距他三步之遥的远兮微笑：“没事。”

夜幕下的她温柔如许，令他卸下心防：“前女友约我见面而已。”

“哈？”远兮踅回来，走到他身边，“这么刺激？”

许凌昀失笑："很刺激吗？"

远兮大力点头："若是情感类节目，足可以推出上下两集。"

"我的故事乏善可陈。"许凌昀双手插进裤袋中，站在岔道口，长身凝望沉浸在夜色中的谷仓，那巨大建筑似一头巨兽，蛰伏着，等待下一场热闹演出，"我也想不出有什么见面的必要。"

看恩琦炫耀幸福，还是听她诉说婚姻的不如意？

他只是个再寻常不过的普通人，没有倾听前女友与前好友之间甜蜜婚姻生活的大度，但是也没有期待她过得不幸的卑劣。

就，一别两宽，各自欢喜吧。

远兮浅哂，这样的刺激，她亲历过一次。

当年她初进电视台，年轻，阅历浅，又是季老师重点培养的爱徒，台里便有个年轻男主持，以空前力度对她展开追求，送花，请吃饭，约她参加电影首映礼，声势浩大。

台里上上下下都将两人视为一对。

男主持大抵觉得时机成熟，向远兮提出，希望她在季江桐面前美言几句，为他在台里新推出的真人秀节目中谋得领队一职。

那是一档颇受领导重视的新节目，以明星嘉宾和父母亲友搭档，以最少经费，穷游世界。领队人选竞争激烈，要英语流利、应变能力强，又要情商高长袖善舞。

远兮对男主持说她会向季老师转达他想角逐新节目领队的意愿，但她并不能左右季老师的决定。

"季老师这么喜欢你，答不答应，还不是你一句话的事？"男主持闻言，笑谑似的拿手指刮她鼻尖。

他以为十拿九稳，然而事实大出他所料，身为当时的节目主任，季江桐出于多方考量，选择一位大学辩论赛冠军出身，有留学背景，曾主持娱乐节目与财经类节目的女主播担任那档《星游世界》的节目领队。

男主持对远兮的热情迅速冷却，不出两个月，他在去外省电视台参加活动时，结识一位年轻女制片人，两人立刻打得火热。男主持很快前往外省电视台担任一档相亲节目的特邀主持，进而传出新恋情，半年后与女制片人闪电结婚。

远兮甚至还未曾意识到这段感情的结束，男主持已将结婚请柬送到她面前。

其实那段“恋情”，远兮还没来得及投入，所以也并不很难过，男主持与其说伤害了她的感情，倒弗如说是重创了她的自尊。

男主持结婚后，便与台里解约，跳槽至外省电视台，初始也曾一时风光无限，人人称他省台一哥。但随着他妻子怀孕生子，事业暂时搁置，他的一哥位置也很快被取代。

有消息灵通人士说他因为妻子，为人处世难免有些嚣张，后来遭人排挤，纯属活该。

因而当他打电话约她“叙旧”，远兮颇觉魔幻。

许凌昀忽然伸出一只手，在远兮后脑勺虚抚了一下。

他的手擦过她后颈背的发丝，落下。

“有些失去，从来都不值得留恋。”

“是。”他成为一哥也好，落魄潦倒也罢，同我一点关系也无，远兮表情冷淡到近乎冷酷地想。

“一个不相干的人而已。”她轻道。

“对，一个不相干的人而已。”许凌昀的笑融进夜色里，“耽误了你这么久，你快回去吧。”

“晚安！”远兮痛快地朝他摆手。

“郁远兮！”他叫住她，“等节目拍摄结束，我请你吃饭！”

谢谢你愿意当树洞，听我说起这些陈年往事。

大胡子李厚时的视线，自屏幕上移开，捻须沉思。

“这一段，要不要剪进片花？”总导演指指屏幕上两个年轻人背道而驰的身影，问。

下午拍完压力赛，后期连轴转剪辑素材，同时也要为节目官方账号提供片花，供宣发进行宣传和预热。

一档全员女性的选秀节目，除选手之间激烈竞争产生的摩擦与火花，可供炒作的热点实在比较单一。若在这档慢生活真人选秀节目中，爆出恋情，自然又能吸引一波眼球。

坐在两人身侧的后期导演双目圆睁：“方老师求求你给我们后期留一条活路！”

一干后期每天关在暗无天日小屋之内，看素材看到吐，剪视频剪到头秃，身心俱疲，实在无法承受更多。

大胡子呛笑，伸掌拍拍后期导演的肩膀：“放心，我们是慢生活美食节目，并不是情感真人秀。”

总导演憾然一拍大腿：“唉，就这么放过绝佳看点，真不甘心！”

“老方，眼光放长远一点嘛。”大胡子安抚总导演，“不要着急，自然有人会跳出来替我们制造话题。”

总导演不明所以。

大胡子的目光耐人寻味地落在后期导演正在剪辑素材的屏幕上。

总导演朝屏幕上看去，画面中魏橘正摘下围裙，大力将之团成一团，狠狠往地上一掼，即使没有声音，只看形体动作，都能感受到伊当时的气愤不甘。

“哈！”总导演眼睛先是一亮，随即又泄气地靠在桌边，“她签署过保密协议……”

“你以为一纸保密协议真能约束得了……”大胡子似笑非笑地扬起下颌点点屏幕，“这种自以为是又心高气傲的年轻人？”

两只老狐狸相视嘿嘿笑，后期导演搓搓耳朵，在心中替被他们算计的人默默点一支蜡。

次晨节目组一应工作人员聚在食堂吃早饭，香浓豆浆与热腾腾喷香酥脆的葱油饼抚慰众人连夜加班开会的疲惫。

因作为助理前期全程参与的远兮转换身份成为选手，原定比赛主题不得不全部推翻，重新设计。

策划组主创人人面有菜色，坐在食堂里哈欠连天，靠咖啡续命。

从工作室临时借调过来的助理一双眼紧盯手机不放，倏忽脸色一凝："李老师，您看……"

助理将手机递给正在吃葱油饼的李厚时。

大胡子扯张餐巾纸随意地抹抹手，接过助理的手机："怎么了？"

"社交软件上有所谓'知情者'爆料，某正在拍摄当中的综艺节目充满黑幕，有过气女艺人凭借关系空降挤走人气选手。不少娱乐营销号都做了转发。'厨艺比赛黑幕'已上热搜。"助理大致复述爆料内容，"我们的节目未播先热，已有公司准备跟风做类似综艺，想来是有人在背后借机拉踩。"

大胡子一目十行将热搜关键词里几则阅读量靠前的社交媒体动态看个大概，哈哈一笑，把手机还给助理。

"不遭人妒者是庸才，无人议论的节目不是好节目，让他们去叽叽歪歪，我们照进度拍摄。"他转向刺溜刺溜喝豆浆的总导演，"我昨天说什么来着？"

总导演放下豆浆碗，太息："这姑娘，真沉不住气，隔一夜再爆料的耐心都没有。"

大胡子在娱乐圈摸爬滚打数十年，阅人无数，毫不意外，只转头交代助理："叫宣发把前两天剪的救火花絮放出来。"

"这么早就放？"导演微诧，"这一段堪称经典，现在放，会不会……"

大胡子没有这些顾虑：“后期已对选手面部进行遮挡处理，这一段只会引起更多人关注，好奇节目录制期间究竟发生了什么？空降顺理成章。”

总导演朝大胡子竖拇指：“我还要多向李老师学习才行。”

“吃完了没？”大胡子催促总导演，“吃完了陪我出去走一趟。既然计划有变，少不得我们得亲自上门去向原来租借的场地方面赔个礼。”

原计划选手休整一天之后，集体前往镇上幼儿园，接受分组挑战任务。园方提前半个月答应配合节目拍摄，做好场地同人员准备，结果他们因故取消拍摄计划，于情于理都应亲自前往，向园方赔礼并说明情况。

“还有两口葱油饼！”总导演三嚼两嚼咽下最后一角葱油饼，端起桌上的海碗，仰头喝光豆浆，胡乱擦了把嘴，“走吧！”

助理只得恋恋不舍地放下才吃了一半的早饭，跟上两人。

又是忙碌奔波的一天，年轻壮实的助理想。

第十九章

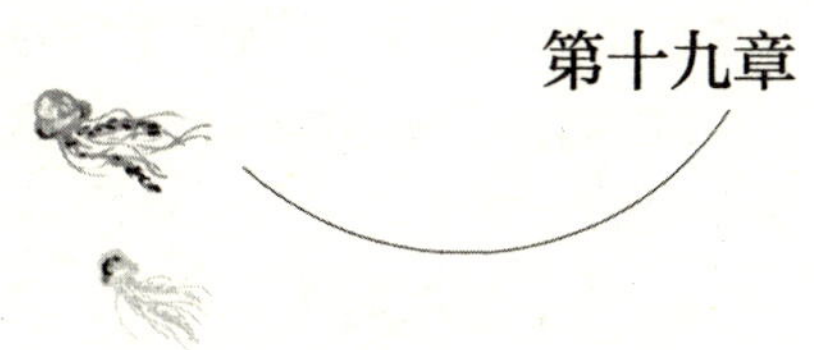

魏橘的离去，并未造成太大影响，但远兮的到来，却对选手们形成冲击。

节目组不走寻常路，不能以常理度之。

随时随地，都可能有新挑战在等待他们。

果然清晨起床，选手们下楼吃早饭时，选手管理经理已面带微笑等在餐厅。

“请选手早餐后到各自选手管理处做个人造型，大巴八点准时出发，大家抓紧时间。”

女孩子们哀声一片：“这么赶？能不能更狠心一点？”

选管经理抬头看一眼挂钟，拍手催促：“最后吃完早饭的人，负责留下来打扫餐厅！”

有选手早餐一片面包、一个煎蛋并一杯牛奶，就是已足够，简单迅速，很快吃完，起身去找选管化妆。

餐厅里很快只剩骆佳馨，还在慢悠悠喝粥吃汤包。

已化完妆的远兮去而复返，示意骆佳馨不必着急，随后利落地收拾长桌，有条不紊地将空餐盘、餐具放进回收箱，清空桌上垃圾。

骆佳馨把竹笼屉中最后一只汤包塞进嘴里，鼓着两腮，准备加入打扫工作。

远兮拍拍她肩膀：你去化妆，这里有我。

可是……骆佳馨犹豫。

没有可是，快去！远兮轻推她后背。

那我去化妆了。骆佳馨小跑步，跑向选手们挨挨挤挤化妆中的休息区。

“想不到你也是老好人一个。”舍管过来帮远兮归拢桌上餐具，放进回收箱。

“何以见得？”

“你说呢？”舍管睇远兮一眼，与她合力把装满餐盘、餐具的回收箱搬上推车。

“打扫完毕。”舍管环视餐厅，一挥手，一副“此地我说了算”的模样，“你都弄好了？去车上同她们集合吧。”

远兮朝舍管点点头，转身走出餐厅，走到宿舍门外，登上早已等候多时的大巴。

靠近车尾一排四人位上乔笑绵站起来招手：“远兮姐！”

远兮一边避开有选手伸在过道上的无处安放的长腿，一边走向车尾，中间还朝冲她眨眼睛做鬼脸的乔楚微笑，最后安坐在乔笑绵身边，向卞若珍点头致意。

“早，珍珍，辛苦你。”

卞若珍摆摆手：“不辛苦。有专车司机开到门口接我过来，这可是贵宾待遇。”

“郁姐，你吃饭化妆真是神速！”前排的居浅葶转头，道。

她与远兮也算是有一起参加压力赛的情谊，面对远兮也没有初时面对制片人助理的拘谨。

远兮但笑不语。

她本就是一头极好打理的短发，又有幕前工作经验，知道如何配合化妆师，造型自然做得比其他人快些。

“不知道今天挑战任务主题是什么。”居浅葶下巴垫在座椅椅背上问。

远兮深深看了居浅葶一眼：“想必主题已做出调整，还是安心等主持人揭晓吧。”

居浅葶邻座伸手捂她嘴巴：“就是，大家都不知道，那才公平。提前知晓，比赛还有什么趣味？”

“原计划前往幼儿园，为小朋友们做一顿充满童趣又不失营养的午餐。”远兮顿一顿，轻轻耸肩，“于我而言，什么主题，都需全力以赴。”

“幼儿园？”居浅葶闻言不由得微微提高声音。

“什么？！要去幼儿园？”有选手叫起来，“我应付不来！小孩子全都是魔鬼！”

“请勿听风就是雨。”柳凝原本打算闭目养神，实在被嘈杂的声音烦得忍无可忍，“郁远兮前晚吃饭时明明已经说过从补位参赛一刻起，接下来的比赛形式、内容已不在她所知范围内，你们还不死心，非要探听，有意思吗？”

车厢内一时冷了场。

好在此时司机发动引擎，大巴缓缓驶离宿舍，车厢内无人说话的尴尬这才散去。

大巴驶过一望无际田野之间的国道，穿林跨水，最终停在一处巨大的停车场内，车门“哧”一声左右打开，选手们先后走下大巴。

主持人赵洋穿一身手臂两侧和胸口带有橙色反光条的灰色工装，先她们一步等在停车场空地上。他面前放有两个大箱子，摄制组也已各就各位，场地上方，航拍无人机“嗡嗡”作响，来回盘旋。

等女孩子们分前后两排站定，赵洋笑眯眯地伸出双臂：“选手们，欢迎来到亚洲最大垃圾处理场，今天的挑战任务，设置在这里。”

“我就知道天上不会掉馅饼，小龙虾大餐之后等着我们的绝非易事。”站在后排的乔楚朝天翻白眼。

“还不如去幼儿园……”小个子居浅葶在前排嘀咕。

赵洋仿佛不曾注意到选手们的小情绪，两手一摊：“现在进行分组。上场比赛胜出的选手，作为红队队长，有优先选择队友的权利。”

所有人的视线不由得投向上一场比赛胜出的柳凝。

柳凝出列，站到赵洋左侧，目光在队伍中兜了一圈：“乔笑绵。”

她将乔笑绵视为最大对手，不到迫不得已，她不想同乔笑绵直接对抗。

赵洋点点头，从抽签筒中随意抽取一个名牌：“安萍萍，蓝队队长，你可以选择自己的一名队员。”

安萍萍顶着众人若有实质的眼光，选了在她看来实力不俗的乔楚。

两人交替选择，骆佳馨不出意外地被留到最后，因有二十七名选手，她自动归入红队。

乔笑绵怕骆佳馨自尊心受挫，有些担忧地望着向队伍走来的她。

骆佳馨倒不以为意，一双大眼笑成弯月，一手食指指胸，手心朝下，轻转一圈，随后握拳举起，用力向下一拉。

“我们加油！”卞若珍替她做翻译。

“现在红队、蓝队已分组完毕。”赵洋指了指他面前的两个箱子，“请换上各组的工作服，我们将进行第一项挑战任务。”

凑近箱子，看到里头灰扑扑的工装，有爱美选手发出失望的叹息：“这么丑！”

“我们垃圾处理场的工人，每天都要穿这样的工作服工作。他们的制服也许不够好看，但他们辛劳的付出，为我们的城市带来清洁美好的环境。”赵洋肃容，“这样的他们，在我眼里，是最美丽的人！”

发出叹息的伍明媚抿紧嘴唇。

乔笑绵咋舌，小声对远兮道：“赵老师平时看起来跟笑弥勒一样，真板起脸来，看上去好凶。”

远兮戴上红色安全帽，伸手扣上搭扣：“赵老师可是采访过来访的国家领导人的，严肃才是他的本来面目。”

乔笑绵偷偷吐舌头：“忽然有点不敢正视赵老师笑呵呵的脸。”

“做好任务，不要受别人情绪影响，哪怕是赵老师。”远兮对她说，也这样对换好衣服走到她身边的骆佳馨“说”。

柳凝带一点审视地观察远兮，如同观察任何一个潜在的强劲对手。

她很好奇。

习惯使然，她很少观看本城电视节目，对郁远兮其人，也只有“前电视台主持人”“节目组助理”这些浅层的了解，以及入住宿舍以后，其他选手闲聊中谈及的“主持能力很强但被迫下岗，不得不给网络综艺节目制片人当助理”这样的八卦。

如八卦谈资属实，说郁远兮怀才不遇，也不为过。

但她从未在她身上看到“愤懑”一类的情绪。

她是真的不介意，还是隐藏得太好？

柳凝拿捏不准。

无论郁远兮展露出来的平静是前者还是后者，都令她比其他选手更不容小觑。

被仔细观察的远兮并不将身边若有若无的视线放在心上，她被眼前这座亚洲最大垃圾处理场吸引。

越过停车场，于视野尽头，矗立一座铁灰色巨型建筑，后现代主义风格外墙蜿蜒曲折，如同潮水起伏涨落，无尽循环。

空气里没有想象当中难闻的恶臭，也不存在肉眼可见的烟尘，整座垃圾处理场远远望去，更像一处坐落在旷野中的博物馆，静待欣赏者到来。

赵洋带领选手们登上电瓶接驳车，朝垃圾处理场驶去。

“这片停车场……”他挥手画了一圈，“目光所及之处，到夜间，将停满干、湿垃圾清运车。每天有成百上千辆清运车，将有超过两千吨生活垃圾被运送至这里，进行分类处理。”

“今天的挑战内容是什么啊？赵老师给我们透个底嘛！”有选手向赵洋撒娇。

“最好的当然要留到最后，提前知道就没有惊喜了。”赵洋摇摇手指，一副高深莫测状。

“都到垃圾处理场了，你说能做什么？”乔楚快人快语。

赵洋只管笑，话题一转：“今天挑战任务的胜出者，下一场比赛可以拥有不被淘汰的优势，开不开心？”

众人精神一振，将要来临的挑战，仿佛也变得不那么难以接受了。

当接驳车驶入垃圾处理场，空气中轻微“嗡嗡”作响的声音才提示他们，正身处一座有着日处理数千吨垃圾能力的场区当中。

有工作人员向他们分发口罩，并展示如何正确佩戴口罩。

“虽然闻不到异味，但场区规范着装要求佩戴安全帽、口罩、反光标识。”黝黑壮实的中年男子不苟言笑，并没有接待综艺节目摄制组的殷勤，一边在前方带路，一边向节目组众人介绍场区工作流程，“干、湿垃圾由垃圾清运车运到全封闭的卸料区，倾卸完毕后，由专门负责监管的第三方监察员拍照，避免干湿混装、混运，做到每车垃圾可追溯，然后分别进行发酵。发酵后去除水分的垃圾则运送至锅炉焚烧。焚烧产生的热能可推动发电机组，产生足以满足本区十多万户居民全年生活所需的电量。最终焚烧后产生的炉渣则压制成砖块，成为建筑材料。”

他的解说平实无华，没有一丝一毫辞藻修饰，却教每一个在场听众产生一种“哇！这么厉害！”的感慨。

最终，接待节目组的工作人员停在一扇大门前：“这扇门内，就是垃圾处理第一步，垃圾倾卸。”

他摁下门边红色按钮，大门缓缓左右开启，巨大垃圾倾卸区展现在众人眼前。

节目组鱼贯而入，大门又在他们身后合拢。

倾卸区内，正有两辆清运车在倾倒口向垃圾池内倾卸垃圾。

“整个倾卸区采用全封闭式作业，垃圾池以负压进行抽气，将异味降至最低。”工作人员微微提高声音。

即便如此，垃圾倾卸口仍有异味扑鼻而来，仿佛一股有形的力，让人不由自主地退开几步。

“我们的垃圾清运车司机是整个处理环节中最辛苦的人，严寒酷暑，三百六十五天，全年无休，以保证城市清洁干净。”工作人员慨叹，领着节目组离开倾卸区，将众人带往一间空旷厂房。

赵洋这时才向选手们介绍：“现在有请我们的王场长宣布今天的任务。”

黑壮的王场长指指堆在场房中央两堆鼓鼓囊囊黑色塑胶垃圾袋：“你们的任务是在三十分钟内将两百公斤垃圾进行分类，哪一队分类快、正确率高，哪一队可以在下一项任务中获得优势。”

场房内响起一阵高低错落的哀叫。

“赵老师，这不太公平吧？红队有十四人，我们蓝队才十三人。”蓝队当中最敢说的乔楚举手。

“节目组当然考虑到这个问题，红队比你们蓝队多一袋垃圾。”赵洋挑眉，“或者小骆可以去你们蓝队，给你们多分一袋垃圾，你们要不要？”

蓝队队长安萍萍赶紧摆手：“不要不要，要不起！”

赵洋笑得满脸慈祥，举起手中计时器：“三十分钟倒计时，现在，开始！”

女孩子们再不情愿，也快速奔向垃圾堆。

“我们不能乱，要先做好分工。”柳凝做事条理分明，“每三人一组，分拣一袋垃圾，骆佳馨你做最后把关，检查每组垃圾分类是否正确，如果不能确定，可以找我们任何一个人询问。我这样安排，你们没有意见吧？”

“没有。”这不是耍心眼突出自己的时候，所有人都表示同意。

红队用时一分钟进行分组，蓝队已拆开垃圾袋开始分类，红队暂时落后。

远兮与乔笑绵、居浅葶同组，三人当中远兮最高，力气最大，她一手一个半人高塑胶垃圾袋拖在身后，稍稍拖离垃圾袋堆，解开两个垃圾袋，将其中垃圾通通倾倒在地上。

“干垃圾，可回收垃圾，有害垃圾，湿垃圾。”远兮戴着防微粒口罩，不得不提高声音讲话，“我们把湿垃圾统一扔进一个垃圾袋，其他垃圾可以先就地分类。”

乔笑绵同居浅葶点点头。

远兮最先蹲下来，蹲在一座小山似的垃圾堆旁，伸手从中抓出垃圾，辨别分类。

垃圾显然是节目组事先准备好的，虽然干湿混装，幸好没有淋淋漓漓的汤汤水水，隔着一副劳防手套，还不至于令人感到黏腻不安。

就算这样，场房内仍不免此起彼伏响起作呕声，并引发连锁反应。

“咦——这是什么？”有人自垃圾袋中摸出沾有黏液的褐色植物表皮，嫌弃地甩开。

远兮遥遥看去，是几条山药皮。

“当心不要沾到皮肤上，黏液中的植物碱会导致过敏，引起皮肤瘙痒。”远兮提醒队友。

“导演！这也太不人道了！”有人忍无可忍，高声控诉。

总导演举起手中喇叭，凑到嘴边：“想一想挑战胜出的奖励！”

跟拍导演通过镜头忠实记录每位选手的表现，脚踏实地埋头分拣的，投机取巧偷懒耍滑的，镜头不放过任何细微动作与表情。

远兮三人手脚麻利，配合默契，不到十分钟已分拣完两大袋垃圾。湿垃圾统一装入垃圾袋，其他三类垃圾暂时分成三堆在地上。

远兮直接朝骆佳馨比手语，请她进行复检，自己则又拖过两个大塑胶垃圾袋，拆包，倾倒出来分类。

比起蓝队好像群龙无首，一群人一人一个垃圾袋各自为政，红队三人一组分工明确，速度后来居上，隐隐有反超蓝队之势。

“还剩十五分钟。”赵洋尽责地提醒选手，“分类时不但要注重数量，还要注重质量，到时会有专家来对分类进行评估，如果分类正确率不过关，将无法取得胜利。”

眼见本队进度滞后，蓝队人心涣散。

乔楚气得剑眉倒竖：“有些人不会当队长早说！选聋哑人也比选大小姐强！起码人家任劳任怨。”

伍明媚隔着口罩冷哼：“你说谁？指桑骂槐有什么意思？”

“你是队长，你来评评理，我做了什么，要被她这样欺负？”

伍明媚转向安萍萍。

蓝队队长安萍萍只觉得自己这队长当得一个头两个大，一歇歇要安抚闹情绪的伍明媚，一歇歇又得去调停暴脾气乔楚与伍明媚之间一触即发的矛盾。

“我们先完成任务，有什么意见，拍摄结束后再说好不好——”安萍萍试图息事宁人。

“难道你就任她无端攻击队友？”伍明媚才不接受她和稀泥似的态度。

“不然呢？还要给你送锦旗？”乔楚轻嗤。

“你！”伍明媚气结。

“我！我怎么了？”乔楚乘胜追击，“我再怎么说都没停下手里的任务，你倒看看自己，究竟分拣分类了多少呢？”

乔笑绵因蓝队方向传来的争吵声微微分心，远兮以脚尖轻碰她的脚跟：“抓紧分完这两袋，我们争取再分两袋。”

十一袋垃圾，她们三人小分队分拣了四包，如果时间允许，她们还能再分一到两包。

三人脚边堆满纸板、泡沫塑料、各类饮料瓶，还有废旧电池、过期药品……一切看似杂乱，但乱中有序，一眼就能看清楚她们所做分类。

柳凝经过她们身边，赞许地点点头，深深觉得选择郁远兮做队友是明智的决定，最起码，她合作意识强，顾全大局，有她在队内，实是稳赚不赔。

那边厢赵洋已在做十秒倒计时：“十、九……五、四、三、二、一，停！时间到！”

红蓝两队悉数停下手中分拣工作，三三两两站起身来，到赵洋面前集合。

赵洋将垃圾处理场分类监察员请至场房，进行胜负判定。

分类监察员戴一副厚重眼镜，选手们很难透过镜片看清他脸上的表情，无论他在哪一队分类的垃圾堆前多停留一会儿，都教人一颗心提到嗓子眼。

监察员花费不少时间，认真检视，并对剩余未分拣垃圾进行称重，一一记录后，走到赵洋身边。

两人低声进行简短交谈，赵洋将一红一蓝两面小旗帜递给监察员。

“挑战任务胜负结果已出。”赵洋对焦灼等待的选手们露出一个招牌式和蔼微笑，一双眼眯成一条缝，“获胜的队伍是——”

监察员举起手中红色小旗：“红队。”

他微微拿远记事本，干巴巴念出两队分类数据，红队无论数量、质量都远超蓝队，蓝队输得心服口服，无话可说。

分类挑战结束，选手们被安排前往垃圾处理场内员工浴室洗澡。

洗完澡，换上节目组统一提供的厨师套装，女孩子们通身干净清爽，头发上都还微微有些水汽，个个以素颜示人，青春是她们最昂贵奢侈的装饰品。

大家笑着，彼此打量，像重新认识了自己与对方。

只得伍明媚耷拉着一张脸，抱怨臭味渗进皮肤，洗也洗不干净。

赵洋将重新集合的选手们领至食堂。

员工食堂窗明几净，四周墙壁悬挂电视，为工人们在就餐休息期间提供影视娱乐。食堂为节目拍摄临时进行了场地改造，地面铺设轨道，原有取餐窗口前，左右设置两块烹饪区，料理台上已堆满食材。

赵洋等红蓝两队分别就位，这才宣布：

“第一项挑战任务胜出的红队，可以从蓝队食材中，取走一样。”

此言一出，两队哗然。

“给红队一分钟时间讨论。”赵洋抬腕看表。

红队众人迅速聚拢讨论。

“拿油。”居浅葶率先说。

“拿盐怎么样？”有人问。

“或者拿米？巧妇难为无米之炊。”

众人七嘴八舌，一分钟时间眼看着流逝。

“那个……”乔笑绵提议，“我们拿辣椒吧。”

柳凝目光落在乔笑绵身上：“理由？”

乔笑绵摸摸鼻尖：“环卫工人工作环境关系，使得他们比较喜欢吃辣。”

她摆排档的那条街，整晚有清洁工来回巡视打扫，等到收工，两人常常到她排档，趁她收摊前买一份辣炒花甲，一人配两个白馒头，蘸着辣炒花甲的汤汁，吃得热辣又满足。

她试过推荐其他快炒给他们，他们只笑笑，说经常在高温、潮湿环境中清理异味浓重的垃圾，导致嗅觉减退，平时就爱吃辣，发汗排毒。

柳凝与远兮对视，彼此微微颔首。

无论拿油、拿盐，还是拿米，蓝队缺少主要烹饪材料，红队即使胜出，也难免显得胜之不武。

红队想赢，但要赢得堂堂正正。

柳凝举手：“我们决定好了，拿蓝队的辣椒。”

对面蓝队众人没料到红队手下留情，紧绷的心弦顿时放松，发出一阵庆幸的长吁短叹。

有工作人员上前将蓝队料理台上的辣椒取走，送至红队料理台。

赵洋宣布本场挑战规则：“每队根据节目组提供的食材，制作出一荤一素一主食共三道菜品，这些菜品将会由今天在食堂进餐的员工品尝后进行投票，得票较多的一队胜出。获胜队伍可推选出一人，下一场比赛将不会被淘汰。本场挑战失败的队伍，将由队内投票产生五人，进入压力赛环节。你们有九十分钟时间。”

队长安萍萍脸色煞白。

她作为队长，威严全无，队员似一盘散沙，各行其是，没人听她指挥。她担心一旦这次挑战任务失败，她将会第一个被推出来，承担失败的主要责任。

相较蓝队忐忑难安的气氛弥漫，红队已迅速进入比赛状态。

“我们先根据食材拟定菜单。”柳凝作为队长，有上一场挑战胜出的经验，便从容许多。

节目组提供的食材满满当当地堆在料理台上，三扇猪肋排，一箱冷鲜鸡，整筐海鲈鱼，大量鸡蛋和新鲜蔬菜，米、面同各色调味料，应有尽有。

“海鲈鱼刮鳞去肠除腮太耗费时间，我不提议选择海鲈鱼。”远兮提出自己观点。

“附议！”乔笑绵赞同，“猪肋排烹调入味需要时间，从节省时间和容易烹制角度，冷鲜鸡最好。”

骆佳馨急急比画手势，卞若珍及时翻译：“无论是辣子鸡、大盘鸡，我都没问题。”

“我们的策略是力求稳妥，还是要出奇制胜？”柳凝问远兮。

“本场是团队合作，稳妥为宜。”远兮环视队友。

要出奇制胜，挑战过程中容易出现差错，她们不能追求个人表现，而置整队于不顾。

“有人有其他意见吗？如果没有，主菜就定辣炒鸡块。”柳凝最后征求全组意见。

红队拟定菜单，分工准备的同时，蓝队上一场挑战吃了无组织无协同的亏，吸取教训，也在进行全组讨论。

“红队没有拿走我们的油盐米面，只拿了辣椒，对我们的影响不大。”安萍萍远远瞥一眼看上去斗志昂扬的红队，为本队打气，“我们要稳住，这场挑战一定能胜过她们。”

“你有什么计划？”乔楚质疑安萍萍的领导能力。

“我们做红烧肋排搭配清炒时蔬，再做一个海鲜炒饭怎样？”安萍萍努力让自己看起来胸有成竹，“红队阻挠我们做辛辣菜色，我们可以通过浓油赤酱和特色菜品，增加胜算。”

“怎么分工？”乔楚咄咄逼人。

“谁擅长做红烧菜色？谁会做海鲜炒饭？”安萍萍气势被乔楚压制，弱弱问。

“红烧我可以。”乔楚自告奋勇。

“我在家常做海鲜炒饭。”伍明媚打定主意与乔楚争个高下。

把这两人分开去做不同的事也好，安萍萍稍稍安心：“那就这么定了，乔楚负责红烧肋排，伍明媚负责海鲜炒饭，我们其他人分别负责清洗切配和清炒时蔬。”

“有些人可不要嘴上说得好听，到时候完成不了任务，把责任推给别人。”乔楚瞟一眼伍明媚。

伍明媚气得几乎跳脚，但到底理智尚存，知道正在录制节目，冷艳转身，就近抓两个队员给她打下手。

站在固定机位后的总导演摸一把下巴：“竟然忍得住，没打起来。”

言若有憾。

你是魔鬼吗？一旁跟拍导演默然转脸。

摄像师控制摇臂，镜头升至半空，由上而下，将食堂里热火朝天的忙碌景象悉数纳入画面当中。

“九号镜头拉个近景给郁远兮，五号镜头从七点钟方向捕捉特写。”总导演在现场实时对镜头进行调控。

远兮正在处理节目组提供的冷鲜鸡。

鸡已经过脱毛宰杀，光溜溜一只只叠放在一起。

远兮取过一只在手里掂量，一点五公斤左右，嘴黄脚黄、鸡胸肉厚，显然是本地土生土长的九斤黄童子鸡，正适合快炒。

用鸡骨剪剪下鸡爪，破开鸡腹，将鸡平放在砧板上，自刀架上抽出砍刀，远兮扬臂，手起刀落，刀刃在空气中划过一道冷冷银光，干脆且从容。

砍刀落下，斩断背骨，一只鸡很快被分切成大小一致的鸡块，从砧板上扫落在一旁不锈钢大圆盆里。

远兮立刻处理第二只鸡，没有一丝停顿。

赵洋负手走向红队，所有队员不是忙于剥笋洗土豆，就是择菜剁辣椒，无暇他顾。

他踱至柳凝身边，探头看一眼，随即缩回脖子。

柳凝面前摆着一竹匾辣椒，细长红火的二荆条，油亮鲜绿的羊角椒，小巧深沉的小米椒……品种众多的辣椒仅仅视觉上就已对人形成强烈冲击，引得赵洋不自觉头皮一麻。

平时看起来为人冷淡有距离感的柳凝此时此刻袖口高挽，一手持厨师刀，一手按住一排六七枚辣椒，“嚓嚓嚓”，不停地剁，不知是热还是辣，汗水从她额头不断沁出，她不得不时不时地侧头在肩膀上蹭一蹭，再继续剁辣椒。

“看来红队队长担负起本场挑战最‘辣’一环。”虽然处理场食堂的排风系统运转良好，赵洋仍不免被辣椒散发出来的辛辣气味刺激得打了个喷嚏，“队长有什么想说的吗？”

“我气力不足，所以只能选择不需要太大力气的。”柳凝头也不抬。

“红队打算做什么菜赢得本次挑战？”赵洋不以为忤。

“辣炒鸡块，脆拌双笋，排骨土豆焖饭配凤爪黄豆例汤。”柳凝言简意赅，绝不多说一个字。

“红队对再赢下一场挑战，可有信心？”赵洋扬声问。

“有！”众人异口同声，气势十足。

赵洋抬腕看一眼手表：“注意时间管理，要保证工人们能按时吃上午饭。”

柳凝点点头。

赵洋继而走向蓝队。

蓝队区域同样一片紧张忙碌的情景。

“要片皮！片皮！我告诉你多少次了？！”伍明媚手上按着一条海鲈鱼去骨，一边转头朝打下手的选手喊。

那选手面色黑如锅底，安萍萍赶紧放下手上择到一半的豆苗，赶过来，接过选手握在手里的厨师刀：“米今秾，这里我来吧，你去择豆苗。”

脸黑得快滴出墨来的米今秾白了伍明媚一眼，撇下她去择菜。

安萍萍无声叹息，接手片皮切丁。

赵洋走过来，恰看见这一幕。

“第一次当队长，有没有压力？”他问垂头片鱼的安萍萍。

安萍萍闻言，鼻尖猛地一酸，差点落下泪来。

终于！终于有人关心她，是不是有压力了！

她们蓝队里，有一个算一个，不是对她做的决定冷嘲热讽，就是冷眼看她为了平息队内矛盾左支右绌，没人明白她的心有多累！

她抬起头，努力按下内心情绪起伏：“有压力，也有动力。”

“蓝队准备做什么菜以赢得本场挑战？”

“我们准备做红烧肋排、酒香豆苗、海鲜炒饭。”安萍萍将一片海鲈鱼去皮切丁，刀法娴熟。

赵洋颔首一笑：“很丰盛啊！”

他指指手表，提醒蓝队做好时间安排。

等他返回总导演身旁站定，总导演问：“赵老师怎么看？”

“红队辛辣味厚，蓝队浓油赤酱，各擅胜场。”老饕赵洋推推鼻梁上的眼镜，“如果两队都按时完成计划，不到揭盅时候，很难料定输赢。”

这将是一场鏖战，红队想进一步巩固优势，而蓝队众人则是背水一战，只有赢得挑战，方可免于进入压力赛环节。

空气中香味蔓延开来，辛辣呛鼻的刺激，浓郁浑厚的缠绵，伴着此起彼伏的指令：

“油温到了，排骨浆好了哇？浆好了赶紧拿过来！”

“压力锅在哪儿？红烧肋排必须进锅了，不然来不及！”

“鸡块都切好了？别干站着，炒起来！”

“那谁！高粱酒多开几瓶！”

“时间、时间！注意时间！”

女孩子们脆生生的嗓门与锅碗瓢盆碰撞的声响叠加在一处，整个食堂显得热闹非凡。

随着时间一分一秒流逝，嘈杂人声渐渐平息，饭菜的香味成为这片偌大空间里唯一的旋律。

远兮喜欢这种团结一致，全力以赴完成任务的专注。

本场挑战，她与听力不佳的骆佳馨合作无间，全程负责切配打下手，手语翻译卞若珍几乎没有用武之地。

“注意，还有十五分钟。”赵洋提醒红蓝两队，随后转头与总导演耳语，“蓝队的海鲜炒饭再不开始做，时间恐怕来不及。”

卞若珍听见倒计时提示时，远兮恰好走开帮助柳凝将已冷却降压排气，装满排骨土豆焖饭高压锅从灶眼上搬下来，两人打开高压锅盖，各取一把餐勺，舀一勺焖饭，稍微吹一吹，送进嘴里，细细品尝。

肋排经热油煸炒，又受高压热力催逼，油脂析出，被米饭吸收，米饭颗粒分明，晶莹油润，香气四溢；红心小土豆去皮一切为二，油煎锅煮，又粉又糯；肋排骨酥肉烂，入口即化。

远兮与柳凝齐齐点点头，排骨土豆焖饭达到预期效果。

远兮分身乏术，卞若珍遂上前轻触骆佳馨手臂，试图提醒她时间有限。

骆佳馨正专心致志摆盘，蓦然被碰，手上餐盘不慎落地，“砰”一声砸个粉碎。

红队整组都被这一声碎响惊动，纷纷朝声源方向望来。

骆佳馨一张小脸面皮紫胀。

场务闻声，刚要上前查看，被总导演一把按住：“再等等看，别急。”

那厢骆佳馨俯身伸手去收拾迸溅一地的碎瓷碴儿，远兮从烹饪区彼端小跑而来，一个箭步跨过地面上的碎碴儿，轻柔而坚定地握住骆佳馨的手，冲她摇摇头。

别动。远兮命令有些无措的骆佳馨，又转头交代卞若珍她们：“你们当心脚下，不要踩到尖锐碎片。”

说完她顺手从围裙侧兜里抽出擦手用的大毛巾，屈膝下蹲，铺开毛巾，将大块碎瓷拢到一旁不影响走动的角落。

有队员见状赶紧递上另一条毛巾，远兮抬头说声“谢谢”，接过毛巾，继续在地上仔细擦拭，尽可能把细碎瓷碴儿悉数清理干净。

“近景和特写给了吗？”总导演低声问跟拍导演。

跟拍导演对他比一个“OK”的手势。

总导演露出微笑。

郁远兮真是宝藏女孩，哪里需要哪里搬，完全不必担心冷场。

反而是卞若珍，深觉自己给大家制造了麻烦，一边冲骆佳馨打手语，一边连声道歉。

“对不起！对不起！”

“没关系，碎碎平安嘛！”远兮站起身，瞥见骆佳馨咬着嘴唇，眼泪倔强地憋在眼眶里，“还有十三分钟，我们抓紧摆盘，一百零一份，可是不小的工程。”

她去水池洗干净手，返回骆佳馨身边，拍拍她肩膀：来，教教我，该怎么摆盘。

柳凝设计的摆盘方案是先将已凉拌好的椒麻辣子脆拌双笋装盘，堆叠成小小山丘形状，顶端装饰一枚鲜红拇指辣椒。

“好，没问题。”远兮俏皮微笑，“简单！”

她从抽屉里抽出两副食品手套，一副交给骆佳馨，一副自己戴上，一手端过不锈钢大盆，抓一把脆拌双笋，轻轻抖散，放在细腻洁白的浅底瓷盘里，一丛嫩白与翠绿交织的小丘便矗立在餐盘中。

骆佳馨深吸一口气，压下片刻之前的慌乱，与远兮一道开始摆盘。

在赵洋“时间到”的提示声中，红蓝两队停下工作，双手半举在空中，示意所有选手离灶。

垃圾处理场员工已陆陆续续进入餐厅落座，等待就餐。

红队在队长柳凝带领下，全员上阵传菜，并向用餐员工介绍本队菜品。

“这是辣炒鸡块、脆拌双笋、排骨土豆焖饭配凤爪黄豆汤，请慢用。”

众人返回烹饪区，总算有时间稍事休息。

乔笑绵靠在水池边上，用凉水冲洗烧菜时不慎被溅出的滚烫热油烫出的水泡：“不晓得赢不赢得过蓝队……”

忙碌时无人注意，此刻空闲下来，油亮水泡在摄影灯下便显得格外刺目。

“你怎么不说？”远兮知道被热油烫伤的疼痛滋味，心疼不已，“可以找人替换你，当时就该去处理……”

乔笑绵笑一笑：“这一点点小伤，不算什么。挑战任务要紧。”

远兮忍不住伸手摸一摸她脸颊：“傻女。”

“也不知道能不能赢……”乔笑绵面露忐忑。

远兮一左一右，勾住她同骆佳馨：“能为工人师傅们奉上一顿营养丰富的午餐，不辜负他们的辛劳付出，就是最大的胜利。”

柳凝站在不远处，闻言回眸，深望远兮。

远兮回以微笑，然后将注意力投向用餐区。

赵洋正在餐桌之间来回走动，殷殷询问用餐中的员工。

“今天的午餐，最喜欢哪道菜？”

“饭菜做得合口味吗？有哪里不满意请尽管指出，不要客气。”

垃圾处理场的工人师傅们淳朴热情，对每一道菜都赞不绝口。

“好吃！好吃！”

“这辣子鸡有我们家乡的味道。”

“红烧肋排又香又酥，很棒！”

“我是头一回吃海鲜炒饭呢！”

“排骨焖饭真香，能再来一碗吗？”

“还给配一碗鸡爪黄豆汤，鸡爪和黄豆烀得可烂呼了，想得好周到！”

员工们的点评并无华丽辞藻，却教人感受到他们对餐食的由衷赞美。

第二十章

全情投入挑战任务拍摄的节目组，并不知道节目还未正式播出，已在社交媒体上掀起又一轮炒作狂潮。

被《成长吧，厨娘》节目淘汰，心有不甘，无视保密协议，向自媒体公众号透露节目细节，自陈受到不公平对待的魏橘，出镜接受迅鹰互联网视频平台竞争对手捷鹿视频的访问，大曝《成长吧，厨娘》内幕。

采访以直播形式播出，魏橘经过专业妆发造型师悉心包装，以清透裸妆搭配青春感十足的白衬衫、蓝牛仔裤，营造年轻率直没有心机的形象。回答问题也快人快语，不回避遮掩。

“我不能说自己的厨艺强过所有人，但比一些靠关系进入比赛，事先知晓比赛主题的人，我自认并不比她差。”

“空降比赛的选手，原本是节目助理，节目环节设置，主题内容，由其一手操办，试问其他选手如何能比得过呢？”

“节目赛程安排不合理，没有给选手充分休息的时间，使得选手疲于应对，前不久还发生安全事故……”

采访一经捷鹿视频直播，引来大量观众，满屏弹幕。

“吃瓜、吃瓜！”

“没背景素人亲自上场，手撕节目组，刺激！”

“好奇靠关系进入比赛的是谁？”

“安全事故？听起来很危险的样子，小姐姐没受伤吧？”

“素人拿什么和带资进组的人比？心疼素人。”

“有关系，还做过节目助理，我好像发现了真相！”

“求科普！”

“同求！”

弹幕逐渐由围观吃瓜，转向推理探案。

采访直播获得空前关注，捷鹿视频与魏橘趁势宣布签约，共同推出一档由魏橘主持的《美少女教烹饪》的料理直播节目，再吸引一波眼球。

《成长吧，厨娘》正在全员拍摄当中，大胡子忙于带助理接洽下一次挑战任务的场地，故而节目组未在第一时间对魏橘的采访做出回应。

反倒是农场里外出游玩归来的前台小白，闲坐无事，捧手机刷视频，刷到捷鹿的直播，初时是因为被“厨艺比赛黑幕”的标题吸引，定睛一看，发现受访者一周前还在农场参加节目录制，随后自魏橘话里话外，听出一丝对农场的嫌弃，顿时暴走。

“呸！！”小白猛拍前台桌面，“环境脏乱差？睁大侬那双眯眯眼看看清楚！整个浦江，数我们农场现代化程度最高！侬嘎娇贵，哪恁勿去（怎么不去）参加豪门生活真人秀？！”

她的声音在空荡荡的大堂内引起一阵回响，董晴闻声从财务办公室走出来。

“火气这么大做什么？整层楼都听见你在吼。”

“董晴姐，你来看看，这说的是人话？”小白将手机戳到董晴眼前。

董晴接过手机，浏览几分钟，还给小白。

“这个女孩子，讲话确实不太实在。”

对节目组和农场提供的良好生活和比赛环境避而不谈，只说在鸡屎鸭粪遍地、猪骚臭气熏天的情况下做任务，隐晦地表示所处的生态农庄远不如节目组宣传中的那样美好。

“这有什么好气的？”董晴跟着许凌昀，也算是经过大风大浪，面对诋毁，比小白镇定从容许多。

“我就是气不过！”小白梗着脖子，“人不可以这么无耻！”

为接待节目组，农场谷仓进行全面改造，在节目拍摄期间，农舍不对外营业，拒绝数笔大宗订单，做出如此巨大牺牲，结果还有人在媒体平台胡说八道，抹黑农场。

“什么气不过？谁又无耻了？”许凌昀推门而入，刚好听见小白的声音响彻大堂，“怎么和你董姐姐说话呢？”

“许大哥……”小白气势一弱。

对董晴她能大声嚷嚷，对许凌昀，她到底不敢太过放肆，只委委屈屈地瞟了董晴一眼，瓮声瓮气地为自己辩解：“看到别人说我们农场坏话，我一时气愤……”

“说我们什么坏话？”许凌昀解下系在手腕上的毛巾，问。

他今天起个大早，等苗圃运送苗木过来。

这批果树苗悉数在凌晨时自苗圃起出，根系仔细用泥浆包裹，以保证送达时不伤根、不失水。

他天不亮就和工人一道，在事先翻整过的空地上，计算合理间距，用手持挖坑机挖洞，保证每个坑洞都达到八十厘米见方。

他与工人们通通戴护目镜、防尘口罩、劳防手套，看不清彼此的面目。

年轻人力道大，一把子力气使出来，肌肉遒劲，教人看得赞叹不已。

许凌昀自觉体力大不如年轻小伙，他们一边弯腰向下挖坑打洞，一边还能嘻嘻哈哈，相互调侃，间或停下来抓过挂在腰畔的水壶，拉下口罩，仰头咕咚、咕咚灌一大口水，用手腕一抹嘴，继续干活，有种粗犷豪迈的劲头。

如此忙碌，也不忘八卦。

“许大哥农场里来了交关（很多）小姑娘，侬（你）晓得哦？”一人问。

“晓得！电视里放出来，一群漂亮小姑娘。”另一人答。

“许大哥，这个节目啥辰光（时候）播出啊？”又有人好奇。

“漂亮小姑娘烧菜，味道会同老阿姨烧出来的有啥两样不？”

“今天可能看到伊拉（她们）哦？”

许凌昀放下挖坑机，摊手：“今天节目组好像没有农场里的活动。”

工人们发出一阵失望的叹息。

一俟苗木送到，他们便争分夺秒，两人一组，先在坑底施入有机肥，再将苗木栽入坑洞中，一人负责扶正树苗，一人负责一层层填土、踩实，再填土、踩实，最后一次性浇足定根水，才算种好一棵树。

饶是他们经验丰富，人手充足，也直到日上三竿，才将三车苗木悉数栽种完毕。

给请来的临时工结算了当日工资，又一人奉上一篓鱼塘打捞上来的鲜活鱼虾，客客气气送走工人。许凌昀甩甩两条酸胀不已的膀子，回到农舍，打算好好泡个澡，放松一下，不料一推门便听见小白扬着嗓门又是“气不过”，又是“无耻”的。

小白跑出前台，把手机往他跟前一递：“许大哥你自己看！”

许凌昀拿毛巾反复擦了擦手，这才接过小白那粉嫩的手机。

他对魏橘没有太多印象，农场里几十个年轻女郎，年纪相仿，着装统一，妆容大同小异，他看在眼里，都像一个模子里印出来的，并无差别。

但魏橘接受采访一番含沙射影，他脑海里几乎立刻浮现出远兮的身影。

许凌昀脸色微沉。

他一个不很留意娱乐八卦新闻的人，都直觉魏橘意有所指的对象是远兮，外界不明真相的大众怎会猜想不到？

这又会给远兮带来怎样深远的负面影响？

许凌昀不敢想象。

他将手机还给小白。

见他面沉似水，小白不敢放肆，乖乖收了手机，返回前台。

董晴看得出他情绪不佳，拍一拍他手臂：“相信节目组会有应对方案，不必担心。”

两人一道往办公室方向去。

“一直在农场订购果蔬鱼米的万律师的联系方式，你还留着吗？”许凌昀沉吟片刻，问。

“留着，每到年节，除了万律师订购的食材，农场还有走地鸡、稻田蟹等节礼相送。”董晴一手掌管农场的一应开销支出，这些几乎刻在她脑海里。

“那……麻烦你联系万律师，将刚才小白给我们看的视频发给他咨询一下，其中魏橘对我们农场部分的描述，是否构成对我们农场的诽谤，能否诉诸法律。”许凌昀攥紧毛巾，又松开，“万律师那里，按律师咨询付费，不用替我省钱。”

董晴点头应下，在推开自己办公室门的刹那，转头问许凌昀：

"你冲冠一怒，是为农场的名誉，还是郁小姐的名誉？"

是为农场的名誉，还是为远兮的名誉？

许凌昀推开院门时，这疑问声仍不断在心中回荡。

其实他早有答案。

如同两个孩子起争执，那个会哭闹告状的孩子，即便无理在先，也容易获得同情，而远兮则是那个倔强不肯辩白的孩子，为自己不曾犯下的错备受指责。

他心疼这样的远兮。

无端卷入舆论旋涡，无从辩解。

冯宪珍下楼，看见站在客堂间里出神的儿子，轻咳一声："回来了？"

"嗯。"

"送来的种苗都种妥了？"冯宪珍从厨房端一盆白虾出来，坐在八仙桌边剥虾仁边问。

许凌昀洗干净手，与母亲对坐，拿一只白虾，捏住虾头，一拧一抽，虾头连着泥线一道取下，顺势剥去外壳。

他手势纯熟，冯宪珍却有些心酸。

这本是一双在实验室操作精密仪器搞研发的手，因她遇人不淑，害了儿子的前程。幸而她现在下定决心也不迟，总比将来儿子成家生子，不负责任的许兆良忽然出现，搅得一家门不得安宁再处理强。

"小昀，我已经提交离婚申请。"冯宪珍的声音带着一丝尘埃落定的释然。

许凌昀闻言，放下手里的虾仁，用干净的手背，在母亲手臂上轻慰："妈，恭喜你，人生将要掀开新的篇章。"

母亲值得拥有更自由鲜活的人生。

"您最近同王阿姨、陶阿姨可有联系？"他转而问。

“我们建了个小群，常常发些照片与动态，阿王想约我们春节假期一起去阿尔卑斯山滑雪。”说起老邻居，冯宪珍眼角带笑。

“陶阿姨的女儿最近在我们农场里封闭拍摄节目，恐怕好些时间不能回家，您问问陶阿姨家里可有什么需要帮忙的，尽管叫我，不用客气。”许凌昀半垂眼睫，状似不经意地说。

冯宪珍似笑非笑地睇他一眼：“你农场里又要养鸡养鸭，又要种树种菜，哪里有空？”

许凌昀被母亲一句话噎得老脸一红：“我时间比较自由啊！”

“好好好，我方便的时候帮你问一问。”冯宪珍看出门道，不再打趣他。

“谢谢姆妈！”许凌昀朝母亲笑出一口白牙。

陶穆在三人小群里收到冯宪珍发来的信息时，正与郁侑庭嘀咕，也不晓得女儿在农场封闭拍摄进行得如何了。

郁侑庭大掌往沙发扶手上一拍：“我郁侑庭的女儿，文能主持节目，武能制服流氓，小小厨艺比赛，不在话下！”

陶穆轻捶丈夫一把：“还好女儿不似你这么自大！”

听得手机里传来“叮咚”一声提示音，她欠身拿过放在茶几上的手机，查看消息。

留意到妻子微微扬眉，郁侑庭凑过来：“谁啊？”

“小冯，问我远兮不在家，家里有什么需要搭把手的地方？尽管叫她家凌昀，不用客气。”陶穆将信息展示给郁侑庭看。

郁侑庭挑眉，思及最近何氏兄弟也登门拜访，不由得摸摸下巴：“感觉我们远兮，忽然变得抢手。”

女儿那段结局算不上愉快的恋情，他们不是不知道，只是秉持做父母的一贯原则，她不说，他们便不问。

但这不妨碍他们偷偷观察女儿的感情世界。

陶穆邀请冯宪珍语音通话。

郁侑庭凑过来，偷听。

语音通话建立，陶穆与冯宪珍客气两句，随后说起远兮。

“要封闭拍摄一个月，春节前才能回家，每天可以用节目组提供的固定电话与家人通话一次。远兮说宿舍里人多，大家排队打电话，她不好占用电话太久，所以也说不上几句话。”

“小昀要是碰见远兮，我让他给你们传话。”冯宪珍立刻说。

“谢谢！唉，孩子们从来报喜不报忧，有什么事也不愿意教我们知道。”陶穆叹息，“要麻烦凌昀，多传点消息回来。”

“不麻烦，应该的，就在他们农场里嘛。”

两人又闲聊片刻，说好了有空约王佩宁一道喝茶，这才结束通话。

陶穆刚打算放下手机，王佩宁便打电话进来，一如既往的风风火火：“陶穆！陶穆！远兮的事可要紧？”

“什么事？”陶穆不明所以，又若有所思。

“你不要信网上那些风言风语。”王佩宁语速极快，“不遭人妒是庸才，我们远兮长得漂亮，学历高，会流利外语，能烧一手好菜，不晓得多优秀！有些人嫉妒得抓心挠肝，恨不能取而代之，又没那个本事，只好说几句酸溜溜捕风捉影的谣言。”

陶穆在她机关枪似的一大串话中抓住重点：“有人在网上无的放矢，造远兮的谣？”

“咦？你不晓得？”王佩宁一顿，“是晟云先在网上看到，告诉了晟风，晟风又来问我，我才知道有人如此中伤远兮。”

王佩宁自己没有孩子，何氏兄弟以前同她并不亲近，她一颗充满母爱的心大半落在远兮身上，走到哪儿都记得给远兮买礼物，视远兮如女儿，听得有人如此诋毁远兮，气得不轻。

“晟风说，他团队中有专门的律师，随时随地可以搜集证据，告对方诽谤，令对方公开赔礼道歉。你看要不要……”

“他们有心了。远兮已经成年，事关她自己，我也不好替她做决定。”陶穆了解女儿，“你代我谢谢晟风的好意，这件事，还是交给远兮自己处理。”

王佩宁闻言，也不好坚持，轻喟一声：“叫我说，不做主持人，也没什么不好，以远兮的学历同工作经验，有大把更好的职位等着她，做什么非要去参加网络综艺节目？”

她倒不是觉得远兮参加网络综艺节目是自降身价，只是认为远兮值得拥有更好更广阔的前景。

“晟风有意成立一个团队，专门拍摄中外古今艺术品鉴赏纪录片，想请远兮出镜主持。”王佩宁劝陶穆，“团队正在组建当中，等远兮拍完综艺节目，你问问她，有没有兴趣加入。”

“哦？”陶穆颇觉意外。

老何是不折不扣的艺术家，但就她观察，其长子何晟风是彻头彻尾的生意人，不承想骨子里竟也有艺术家的追求。

“晟风、晟云兄弟虽然从小与我不亲近，但他们都是认真做事的性格，如无把握，不会事先张扬，既然愿意对我提起，多半已筹备得差不多了。如果远兮愿意加入，也是一个不错的机会，能去往全世界各大美术馆取景，探访艺术家生平，深入了解一件作品背后的故事，相信会是一场意义非凡的经历。”

饶是理智如陶穆，都不免被她说得有些动心。

“远兮打电话回来，我问问她。”

“我等你消息啊！”王佩宁爽利地挂断电话。

陶穆握着结束通话的手机，有片刻沉默。

郁侑庭伸出大手包住妻子的手：“放心，我们家，什么大风大浪没见识过？这点毛毛雨，打不倒我郁侑庭的女儿！”

陶穆被他如此一说，倏忽失笑：“可不是！”

女儿小学三年级暑假，丈夫要上班，老房子要拆迁，她不得不带着女儿到学校上班。

特殊教育学校设有暑期班，将工作日家中无人照管的孩子集中在一起，方便老师照看，监督他们完成假期作业的同时，也教授他们一些职业技能，如西式烘焙、中式面点的制作，以便这些身有残疾的孩子将来无法通过高考又不得不踏上社会后，能拥有一技之长，可以靠自己的劳动，自力更生。

结果其中有一个学生家的长辈打上门来，突破门卫阻拦，直冲教室，薅住正在学包包子的一个残障女孩便往外走，嘴里骂个不休。

“学什么学？学这些有什么用？早点回老家嫁人，不比在这里浪费时间强？！”老太太钳住女孩子手臂，用力将她往外拖。

女孩发不出声音，又挣扎不脱，一双大眼睛直愣愣望着她，满是哀求。

事出突然，她和教室里其他两个老师又要安抚学生，又要拦住那老太太不让她将孩子擅自带离学校，场面一时十分混乱。

就在这一片混乱当中，女儿脆生生的童音响起：

“我已经报警，警察马上就来，谁也不能带走学校的学生！”远兮手里握住一只黑黢黢的长方物体凑在耳边，像是一只才刚流行起来的大哥大，又一昂头，“我看过小区里《婚姻法》宣传栏，法定结婚年龄，女性不得早于二十岁，让高中在校生回家结婚是违法行为。”

小小女孩，声音清脆，字字落地有声，那老太太不知道是慑于教室里人多势众，还是害怕警察前来干涉，悻悻然放开女孩的手，骂骂咧咧地走了。

陶穆记得学生扑到她身前，无声号啕，眼泪扑簌簌落下，浸湿她的衣襟，她一时分身乏术，眼睁睁看女儿小大人似的，打手语安抚比她大七八岁的哥哥姐姐们。

事后她问远兮，哪儿来的大哥大，结果女儿取过“大哥大”

来，竟只是一个包着黑色亚光手工纸的铅笔盒。

陶穆当时摇头失笑，如今想来，女儿遇事镇定从容，早已有迹可循。

这回的网络谣言，她自会处理，他们做父母的，只需要相信女儿，有能力面对诋毁，就是对她最有力的支持。

亲友无条件相信远兮为人，深信谣言迟早不攻自破，自然也有人幸灾乐祸。

“空穴来风，未必无因。做人做事，全凭本事。拉关系、走后门，总难长久。引以为戒、引以为鉴！”知名网络电台主持人麦樱子在社交应用软件“故潮”上面，发表一则动态，字里行间看热闹之意几乎按捺不住。

麦樱子在网络电台专司采访影视名人，有些名气，听众颇多，粉丝堪比网红。看到她更新状态，一时纷纷留言。

“樱子人美心甜本领过硬三观端正，粉了！”

“听过樱子节目，声音甜美，不料三观也正，路转粉。”

“樱子做主持人，从业经历曲折，不拉关系，不走后门，真的全凭本事，心疼樱子！”

“有些人靠逢迎阿谀，抢走樱子的机会，可惜没实力就是没实力，还不是被电视台开除，不得不放下身段参加什么网络综艺节目？”

“这是什么绝世大瓜？”

“楼上不会连这个陈年旧瓜都不知道吧？哎呀，谁给她科普一下？”

立刻有人开贴科普：

“喏喏喏，樱子以前主持节目，采访当年新科影帝，影帝说自己当初没想过要考电影学院，纯粹是陪好友一起去，给好友壮胆。结果好友没能入选，他却无心插柳，被电影学院表演系录取。樱子就说，她的经历比较像影帝的好友，因为热爱主持人这一行，所以参加校园主持人大赛，她的朋友陪她一起参加，结果她惨遭淘汰，反而是陪跑的朋友，一路过关斩将，晋身总决赛，取得不俗成绩，受到评委赏识，毕业后进入电视台当主持人。她则一直没有放弃当主持人的梦想，几经努力，成为网络电台主持人。有人查过那年校园主持人大赛名单，樱子与某女主持同届参赛，两人恰好同校，推测樱子就是被该女主持抢走了名额。”

下头有人弱弱反驳：“公开的比赛，没实力进不了总决赛吧？怎么就是她抢了樱子的名额？”

不过这反驳声音很快被淹没在“心疼樱子”“樱子加油”的回复中，无人在意。

麦樱子在网络上趁机刷一把存在感。

刚在故潮注册账号的“捷鹿小厨娘魏橘”转发了麦樱子的状态，并添加“努力工作”表情：“向前辈学习！”

麦樱子回复她：“互相学习！”

两人之间的互动，变相坐实郁远兮没有实力，靠拉关系、拍马屁上位的传闻，将封闭拍摄无法替自己辩白的远兮推上风口浪尖。

她们你来我往，有人看不下去。

施西首先站出来。

伊素颜出镜，拍摄视频，并不遮掩被火吻过的一侧脸颊，火焰烧焦她一侧头发，在靠近耳边位置灼出一个硬币大小的燎泡，幸好远兮处理得当，送医及时。此时她的一侧面孔涂抹着专用烫伤药膏，看上去青青黄黄，衬得未受伤一侧面孔莹白如玉，更显得伤处触目惊心。

“我是施西，就是在参加《成长吧，厨娘》录制过程当中，因烹饪操作不当，不慎引发录制现场火灾的选手。由于节目还未播出，出于对节目组的尊重与保密需要，我不便详细说明当时情况，但节目组绝不存在赛程安排不合理，没有给选手充分休息的时间，使得选手疲于应对，进而引发安全事故的情况。恰恰相反，正因为节目组一位我个人十分尊敬钦佩的工作人员的紧急处理，我才免于受到更大伤害。”

施西给烧伤一侧脸颊一个特写，随后直面镜头：“谣言止于智者，希望大家不信谣、不传谣，等到节目播出，大家一定会看到事情的真相。而我作为安全事故当事人，保留追究造谣者法律责任的权利，请造谣者停止制造、散播谣言，向节目组和及时施救的工作人员公开道歉！”

受伤的美少女在视频里显得楚楚可怜又坚强勇敢，形容恐怖的伤处令得许多围观群众大呼心疼。

当然有捷鹿方面的水军出来说施西与节目组联手炒作。

但很快施氏餐饮集团官方账号转发施西的视频动态，并表示支持施氏女公主举起法律武器维护自己的权利，同时承诺，转发过万，抽取施氏旗下高端米其林两星餐厅霸王餐券三张，转发过两万，增加三张，以此类推，上不封顶。

舆论风向顿时一转。

施氏餐饮集团女继承人，完全没必要拿自己的受伤炒作博眼球，只怕的确是看不惯某些人的做派，这才发视频，声援《成长吧，厨娘》节目组，也为因魏橘一席话而饱受诟病的郁远兮正名。

到吕承州从公关部门处获悉这件事，仅仅一上午，网络舆情已由一边倒地心疼支持魏橘，到支持施西和节目组的声音与支持魏橘的声音不相上下，又进而发展成支持节目组的声音略占上风。

“您看接下来要如何处理？是否压一压热搜话题？”公关经理征求吕承州意见。

吕承州食指敲击桌面，“笃笃”两声，随即微笑：“我个人认为跳梁小丑不必理会，不过老李的性格你也知道，最是护短，所以你不妨再去问问老李，看他有什么打算。”

公关经理点点头，又暗暗替挑起事端的那个小年轻捏一把冷汗，得罪谁不好，偏偏要得罪大胡子李厚时？

大胡子接到公关经理电话时，刚敲定一处拍摄场地，自应酬中脱身，堪堪坐进车内，想喝上一口浓茶解解酒，闭目养养神。

电话先由助理接听，片刻之后，助理面色微凝，将手机递至他面前：“李老师，迅鹰刘经理电话。”

大胡子接过手机：“是我。什么事？嗯、嗯……呵呵，想我李厚时终日打雁，今次倒叫家雀啄了眼……理她？理她做什么？给她长脸吗？”

车内气氛降至冰点，助理噤若寒蝉。

久不见李老师这副神挡杀神、佛挡杀佛的模样了，好怕！

大胡子挂断电话，浓眉深蹙，目露冷光，交代司机：“不回家了，去农场。”

总导演正大发雷霆。

“目光短浅！目光短浅！捷鹿不过是拿她当枪使，她还以为自己多受重视！捷鹿若是能制作得出拿得出手又脍炙人口的节目，有必要动坏脑筋启用她一个连总决赛都进不了的素人吗？无非是想令我们面子上难堪，给我们添堵罢了！”他“咕咚咚”灌一大口水落肚，“没有内容，光靠卖青春靓丽的人设，她能发展得有多好？各大平台的艺人和网红，哪个不比她长得漂亮？哪个没有一两项才艺？”

一旁工作人员纷纷劝他：“导演您消消气、消消气！”

大胡子阔步走进来，将身上灰色大衣一脱，随手一抛，助理跟在他身后忙上前接住大衣。

“谁把我们出了名好脾气的方导气成这样？”李厚时大掌拍拍总导演肩膀。

“还不是……”总导演回过头来，“老李你没回家？”

“来来来，我们坐下来说话。”大胡子搭着总导演肩膀，两人往一旁临时指挥中心休息区的沙发里一坐。

助理见机立刻为两人奉上两杯热茶，又回身小幅度挥手，示意众人各归各位。

总导演气哼哼将自己埋进沙发里。

年轻人渴望成名，一句“出名要趁早”，勾引得多少青春年少的男孩女孩前赴后继投身名利场。

可出名哪里那么想当然？

演艺圈里长得漂亮身材好嘴巴甜的小年轻还少吗？真正能红到家喻户晓的有几个？混个脸熟都不容易。

魏橘有什么优势？会做菜？

网上会做菜的人大把大把，各大视频平台烹饪类视频主播各有代表人物，个别当红主播背后有正规团队替其前期策划、操刀拍摄、后期剪接，每则视频务必美轮美奂，教人心生向往。

捷鹿会在魏橘身上投入如此巨大的人力物力财力，全力以赴捧红她只为了同迅鹰打擂台吗？

总导演深表怀疑。

“不要生气，气大伤身。”大胡子喝一口助理奉上的枸杞茶，润润嗓子，“让后期剪的救火视频，他们剪好了没有？”

总导演点点头：“剪出来了，后期他们说再这样加班加点，迟早变秃头。”

大胡子笑出声来：“教财务发加班费痛快点，年底红封包大一点，起码要每个人都能做得起植发！”

气得河豚似的老方闻言不由得失笑：“促狭！”

大胡子正色：“要他们把救火这段剪出来，只是以备不时之需，本没打算这么快公布，免得教人觉得我们借机炒作。但捷鹿非要跳出来，拿魏橘做文章，哪能让他们如意？”

然则他并不担心事故带来的影响。

捷鹿方面大抵以为拍摄过程当中出现事故，无论节目组，抑或当事人施西，无人发声，必定是制作方不希望事故影响节目正常拍摄，害怕招致负面评论，故而选择隐而不宣。

但他其实在事故发生后，第一时间与施西家人取得联系，保证施西接受治疗及后续所需一切费用由节目组同保险公司共同承担，也再三承诺，只要施西愿意，健康状况允许，将会有一场复活赛等待她参加。

“把视频传给宣发，晚上十点发布，该提到的人，一个也不能少。”大胡子拍板。

“那……要不要告诉小郁一声？”总导演迟疑。

“不必。”大胡子轻轻一笑，“我看她，很是宠辱不惊，这点风言风语，没必要让她知道。而且她还要准备明天的压力赛吧？”

“是。她要连续参加至少三场压力赛，以抵消前三场比赛未能参加带来的‘不公平’质疑。”

“我格外期待她明天的表现。”李厚时伸手抓抓胡子，“在质疑声中，顶住压力，希望她能走得更远，才不枉我为她背负的骂名。”

“去你的！”总导演啐他一口，“你的骂名是为小郁背负的？”

大胡子哈哈笑，浓眉一挑：“怎么不是？！”

偌大空间回荡着他浑厚的笑声，工作人员们相互使着眼色：警报解除，警报解除。

晚十点，《成长吧，厨娘》官方账号在社交平台故潮同迅鹰网络电视平台同时发布一则时长九十七秒的独家视频，并提到了迅鹰网络应用和视频平台、行耘绿色生态农场，还有当事人施西以及郁远兮。

视频主角是稍早发声驳斥魏橘不实言论的施西，高清镜头下她秀眉微蹙，紧抿双唇，额角有汗水沁出，伸长手臂，手执不锈钢夹子，自冒着热气的锅中捞出一团食材。

从她的表情不难看出她对锅中食材的嫌弃。

五分钟倒计时镜头一闪而过。

施西将铸铁锅放在燃气灶上，转身去处理放在砧板上的食材，镜头在铸铁锅和切菜的施西之间来回切换，铸铁锅肉眼可见地开始冒烟。

当施西切完食材，取过油瓶，微微倾身向前，往锅内倒油，视频当中出现“以下镜头画面经过处理”字样，随即看到一簇火光蹿起，施西惊恐万状的声音传来。

电光石火的一刹那，一抹纤长身影从旁进入画面中，后期在她身上标注“助理”两字，她一手拿湿毛巾覆盖在施西头脸部，一手抓过料理台上的竹木砧板，朝旁一倾，倒掉上面食材，从着火的铸铁锅边沿往前推盖，将火焰悉数压在锅内，然后关上燃气阀门。

三步动作一气呵成，用时不到五秒。

镜头再度切换，施西被救护车送往医院，有选手小声议论：

“郁助理威武！”

“我都吓傻了，想不到郁助理这么沉着冷静。”

“要不是郁助理，施西的脸……”

最后一名中年方脸男子出镜：“作为现场安全员，我承认，在我没能第一时间抵达选手身边时，郁助理的处理方式是最正确，也是最合理的。”

视频到此为止，“郁助理”全程未露正脸，一言未发。

围观群众和粉丝炸了锅。

“小姐姐好帅！我可以！”

“事发突然，大家都吓傻了，越发显得助理小姐姐冷静应对的身影高大帅气！”

“啊我死了！身手敏捷，处变不惊，攻破天际！助理小姐姐可收徒弟？请收下我的膝盖！”

“郁远兮，不就是前段时间见义勇为的女主持？感觉她真的好有正能量！”

“喂喂喂，你们有没有注意，视频远景里，那个手举锅铲目瞪口呆的选手，很像刚在网上接受采访爆料节目组有黑幕的淘汰选手啊？”

“哈哈哈，好像真是她，楼上那个‘目瞪口呆’笑死我了！”

“不知道施西脸上会不会留下疤痕？节目组的高清镜头直直拍在她脸上，都看不到毛孔，她原本皮肤底子实在太好，要是留下伤痕，太可惜了。”

“我家有祖传烫伤秘方，涂抹患处，保证不留痕迹。需要的进。”

“楼上不要做广告！”

“楼上是水军吧？”

围观群众在视频下头聊得火热，路编社、录透社等娱乐账号都做了转发，一时社交平台和网络视频平台热闹非凡。

“其实我十分期待郁远兮的厨艺表现。”有美食评论在视频下留言，“坊间传言，艺人到本埠接受采访，事毕不少人都要求由她带引，寻找正宗本地美食。会吃、懂吃，大概率能烧得一手好菜。”

“对的对的！老油条老师说得一点不错，我曾经在一家弄堂里的柴爿馄饨店遇见过她，带著名女歌星同她的助理，坐在角落吃砂锅柴爿馄饨。超级亲民，一点明星架子也无。”

局面不知不觉中发生改变。

《成长吧，厨娘》节目组并不刻意抹黑魏橘，只将事故发生前后相关人物的表现直观呈现给观众，由观众自行判断。

除开捷鹿方面来控评的水军，真正无脑跟风黑的围观群众毕竟只是少数。

到次日早晨，形势已经逆转。

捷鹿网络视频拉踩不成，还被人揭了曾经捆绑炒作的老底，引来各方明星粉丝口诛笔伐，甚至拥至魏橘账号下头恶言相向。

一场由捷鹿和魏橘挑起的网络事端，以捷鹿官方账号与魏橘偃旗息鼓，灰溜溜关闭留言评论功能，《成长吧，厨娘》节目组和一干官宣选手获得大量关注收场。

早晨节目组工作人员到食堂吃饭时，阿姨对大胡子与总导演笑得慈眉善目，一碗鲜肉虾仁小馄饨都格外多给几只。

“多吃点！不够再来添！”

“今天阿姨态度怎么格外好？”总导演不解，平时一碗豆浆都不肯装满呢。

“方老师还不知道？”助理吃一个葱油小花卷，“我们剪辑的视频把农场拍得美轮美奂，昨天还圈了农场的官方账号，令农场涨了不少粉丝，官方账号收到大量私信，咨询到农场用餐、体验绿色生态农业事宜。早晨前台小白来吃饭时，难得肯给我们好脸色。”

助理来了几天，小白每每看到他都一副他欠了她巨款不还的模样，今天总算面露笑容。

大胡子听得直笑：“小白是个淳朴直率的姑娘。”

又转头对总导演说：“这个小白，拍到过她的镜头没有？挺有意思的，可以剪进去。”

吃罢早饭打算上工的小白猛地打了两个喷嚏。

第二十一章

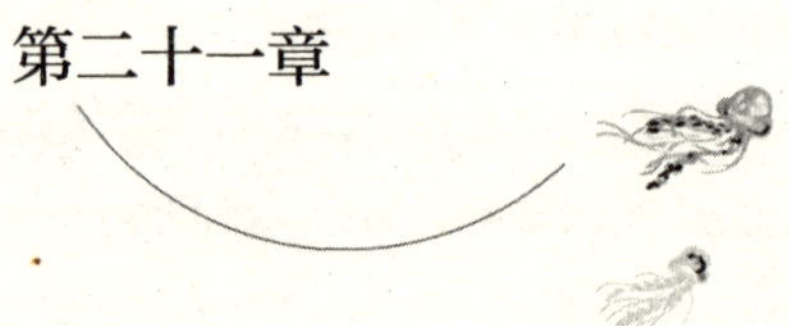

封闭拍摄紧锣密鼓地进行，外界一切繁杂纷扰，对赛程并未造成任何影响。

选手们的生活就是紧张的比赛、挑战任务、压力赛和一天休息，然后迎来新一轮赛事，周而复始。

时序正式迈入冬季，农场里除了智能大棚里果蔬和室外越冬蔬菜，果树已全部做好越冬管理，修剪树枝、病虫害预防、施撒肥料，以度过浦江湿冷多雨的冬季。

而选手们经过数轮激烈竞争淘汰，已仅剩十五人。

总导演在休息日晚饭后，将十五人召集起来，开一场小会。

“从拍摄第一天的五十人，到在座十五人，大家凭借实力走到今天。”总导演面上生光，“赛程过半，大家都不容易，今晚给大家放个假，带大家到农场外面散散心！”

女孩子们发出一阵欢呼。

远离家人朋友的封闭式拍摄、密集紧张的快节奏比赛、胜负去留的不确定性，令她们越往后越感受到压力，精神极度紧绷。

节目组大抵也察觉到弥漫在选手之间的张力，选择在此时介入，让大家放松放松。

大巴士载着选手们驶离农场，驶入夜色。

远兮坐在后排靠窗位置，脸颊轻贴在玻璃上，望着车窗外向后退去的高大杉树。

夜晚的乡间灯光寥寥，一眼看去只有大片大片黑黢黢浸没在夜色之中的农田，对面车道上偶有车辆驶过，车头灯晕黄的光线由远而近，与她们乘坐的巴士擦身而过，复又远去，背道而驰。

车内选手们或闭目养神，或两两小声交谈，亦有人戴着耳机听着音乐，自得其乐。

远兮心绪迢遥。

节目组提供固定电话，允许参赛者每天可以与家人朋友进行一次通话。

远兮不是个啰唆的人，更不爱霸占公用电话煲电话粥，常常只向父母报个平安，关心一下二老身体，便结束通话。

昨天完成比赛，顺利晋级，远兮在饭后抽空与父母通电话，电话那头母亲陶穆鼻音微重，说学校里不少学生患了流感，她也不幸中招，头痛鼻塞发烧，浑身无力。

远兮有些担心。

“没事，再撑一天就可以休息，你别记挂我，全力比赛。”陶穆声音有气无力，仍不想教女儿因她分心，“阿王的朋友，冯阿姨，你见过的，她儿子还同我们一起吃过饭。最近送了不少新鲜水果蔬菜到家里，说是自己家里种的，绿色无污染，让我多吃蔬果，补充维生素，对抗流感。”

远兮颇觉意外，心底有暖流缓缓升起。

在农场生活、拍摄，高强度比赛之余，饭后散步，偶尔会遇见许凌昀。他有时行色匆匆，只远远冲她颔首致意，有时会驻足同她闲聊几句，但往她家送新鲜果蔬的事，一字未提。

那是一个默默关心并不宣诸于口寻求回报的人。

远兮想起过往那个买一束花都搞得惊天动地，恨不得教全世界都知道他送了花的人，低声嗤笑。

“远兮姐在笑什么？”乔笑绵凑过来，问。

“难得导演大发善心，放我们出来玩，开心一笑。”远兮喜欢小姑娘脸上这种明明白白的好奇和八卦表情，伸手捏一捏她圆润可爱的脸颊。

“我有未经证实的小道消息，远兮姐你想听吗？”乔笑绵在远兮耳边说。

“小道消息？”远兮挑眉。

乔笑绵嘿嘿笑：“要不要听嘛？”

“说来听听。”远兮不再逗她。

“据说——”乔笑绵伸长头颈，左顾右盼，见除了恪尽职守的摄像师扛着摄像机之外，并无人注意她们，这才附在远兮耳边，“魏橘违反同节目组签订的保密协议，被节目组发了律师函。”

远兮自然晓得合同中的保密条款，选手们进组时签订的合同，还是当时身为助理的她负责打印的。

“她与公司竞争对手视频网站签约，打算做美食主播，她公开说了许多不该说的话。她大概以为节目组不会同她较真吧。”乔笑绵不太能理解魏橘的行为。

远兮隐约能感觉到魏橘遭淘汰后，肯定不会轻易认输，必有行动。

那两天母亲与她通电话，语气总显得有些凝重，先叮嘱她拿出真本事，全力以赴比赛，不论输赢，但求无愧于心，又小心翼翼提及王阿姨家的老大有意拍摄艺术品纪录片，想请她出任纪录片主持人和旁白，问她有没有兴趣。

不过两天后母亲的语气恢复正常，远兮也没多想。

现在听乔笑绵的八卦，远兮大致能猜到魏橘做了什么。

远兮不是以德报怨的圣母，魏橘选择了一条捷径，就要承受走捷径可能带来的风险。

“有句话怎么说的？”远兮做沉思状，“自己选的路……”

“跪着也要走完！”乔笑绵一拍巴掌。

清脆的击掌声引得不少人回首注目，乔笑绵嘿嘿讪笑，往远兮背后缩了缩，随后扑到埋头看电子书的骆佳馨旁边，一手盖住电子书屏幕，一手比画着，同骆佳馨继续讲八卦。

骆佳馨也不恼，认真看她“讲”小道消息。

这一幕落在远兮眼里，印在心里。

人生是一场以死亡为终点的比赛，赛程或长或短，其间有无数大小关卡等待“选手”攻克跨越。

鲜花掌声固然可喜，一时失败落寞也算不得什么，为“赢”而放下做人准则，也许一时风光，但不免会为之付出难以想象的代价。

远兮不清楚魏橘明不明白违反保密协议所要承担的后果，可她太知道一个公众人物嘴不严的结果：曾经圈里一位颇有观众基础的主持人，在私人场合大放厥词，被损友录像发至朋友圈，引起一片哗然，至此一蹶不振，东山再起遥遥无期。

是以即使她曾采访过众多艺人，见过他们各种不为粉丝所知的私人一面，她也始终恪守职业操守，从不在工作场合以外谈论艺人。

大巴士将选手们载至镇上夜晚最热闹一条街的街口。

作为城郊农业重镇，镇上居民作息比城中心规律许多，早睡早起是常态，镇中心这条步行街可以说是全镇年轻人夜生活聚集地，奶茶铺、咖啡馆、酒吧歌厅一应俱全，一侧人行道上摆满各色小吃排档。

总导演在选手们下车前核对时间：“大家有一小时自由活动时间，一小时后返回集合。”

“导演，一个小时哪儿够啊？”乔楚大声反驳，获得车上多数选手声援。

总导演摸摸下巴：“那你们觉得多久才够？”

“起码两个小时！”女孩子们在农场里封闭生活得久了，此时终于得以有片刻外出自由活动的机会，纷纷同导演据理力争，要求多给大家些时间。

“嗯……”总导演双手抱胸，沉吟。

“导演！拜托了！”选手围了上去，拉扯总导演衣袖。

“好好好！大家矜持点，衣服不禁拉，扯坏了我不好向老婆交代。”总导演终于松口，答应将自由活动时间放宽至两小时，“不过回去以后，每个人要写一篇五百字小作文，说一下感想哦！”

“导演！！”女孩子们的吼声几乎要震破总导演耳膜。

远兮随众人下车，冬日冷冽的空气中弥漫着小吃排档特有的烟火气，猛地扑面而来。

乔笑绵深吸一口气：“这才是生活！”

骆佳馨与她并肩而立，笑眯眯地望着她。

“远兮姐，一起？”乔笑绵问远兮。

“你们随意，我到那里看看。”远兮指指街口一间夹在面包房和奶茶铺之间不起眼的书局。

“那我们先走啦，回头见，远兮姐！”

两个女孩子手牵手，一道跑进热闹街巷里，跟拍导演和摄影师快步跟上。

远兮转头对跟拍她的楼导和摄影师微笑："我到书局里看一会儿书，楼导和蒋大哥不用一直跟着我。"

楼导望着先后走进夜市里去的选手，然后收回视线："跟着你，不用扛着器材到处跑，多好！"

远兮也不坚持，漫步走向书局。

小小一爿两开间门面的书局，招牌老旧，漆水剥落，在迷离的街灯下隐约看得出"庭林书局"四个字，临街的玻璃窗内透出暖暖柔光。

远兮推门而入，门框上小小的铜铃被门带动，发出清脆声响。

书局内静谧无人，正对门口的账台里一只四爪踏雪的黑猫听见铃声，抬头张望一眼，便又低下头去，对来客很是不以为意。

一旁数排高低错落的书架上摆满各类书籍，从教辅材料到艰涩难懂的原版著作，应有尽有。书架对面靠墙位置随意摆放了几张靠背椅同一个小圆桌，桌面上摊着几本杂志，还放着一杯遭人遗忘的奶茶。

远兮走进书架之间。

古朴的油木书架有着木料质朴的幽光，挤挤挨挨的书册散发出油墨清香，远兮的视线从古典文学名著和近现代文学作品上掠过，看见被并排放在一处的曹雪芹与莎士比亚，不由得会心一笑。

此间老板，倒是个趣人。

她在书架间信步浏览，不意看见一本《汪曾祺谈吃》，紧挨着他的是唐鲁孙先生的《天下味》，另有一册介绍文物鉴赏专家、著名学者、烹饪圣手王世襄老先生谈吃的《吃主儿》，三本书各有意趣，放在一起，叫人难以取舍，恨不能一道收入囊中才好。

远兮流连不去，沉浸其中。

落在摄影师镜头里，年轻女郎英气逼人，可垂头凝神看书时，眉目之间一片柔和，书架顶端的光洒落在她周身，美好得教人不忍打扰。

看得出她深深被文字吸引，一时半刻不会离开书局，楼导朝摄影师做一个“停止录影”的手势，两人索性坐到小圆桌边，看着窗外街景闲聊。

远兮自书架间选中一本原文初版图文并茂的《美味料理与化学的秘密》，踱向账台。

木质账台既宽且长，四爪踏雪的黑猫原来是趴在一堆旧书上头，闭着眼，尾巴一甩一甩地轻拍着台面，旁边竖着一块小黑板，上头潦草狂放地写着：

旧书，喜欢请自取，价钿（价钱）看着给。

远兮看得有趣。

想不到书局老板还兼做二手书生意，定价又如此随心所欲。

“能不能让我看看都有些什么书？”远兮低声同镇局黑猫打商量。

黑猫动动耳朵，不予理睬。

这时书局的门被再度推开，门铃“丁零”一响，伴随醇厚男声。

“老林，我要的书到了吗？”许凌昀人未到，声先至。

店内众人齐齐回头。

“许先生！”远兮意外。

账台上的猫倏忽睁开眼睛，弓起背，后足蓄力，猛地一跃，跳下账台，奔向门口的许凌昀，围着他脚边团团转，“喵喵”直叫。

许凌昀左手握一把将开未开的蜡梅，用脚后跟合上书局的门，然后弯腰用右手捞起蹭着他不肯稍离半步的黑猫，对远兮点点头：“你也来看书？”

远兮未及回答，店内重重书架后头一扇门“吱嘎”一声拉开，戴一顶英式鸭舌帽的儒雅中年男子自书局后头的房间里走出来。

“书被欧洲寒潮阻在路上。”老林走到许凌昀身边，从他手里抱过黑猫，放在自己肩上，随后又接过蜡梅，转身去找出一个宽口玻璃瓶信手插进去。

“替我谢谢令堂，蜡梅甚得我心。”

远兮等他转进账台，将书递给他结账。

老林报了个低得出奇的数字。

远兮抬眼看他，他肩膀上的黑猫也以一双碧绿如森海的猫眼回望她。

“这是本好书，放在书架上无人问津，如同明珠蒙尘。既然你喜欢，请好好珍惜。”

远兮郑重点头。

老林将书装进牛皮纸袋里，顺手又从旧书堆里抽出一本九成新的安东尼·波登的《厨房机密档案》放进去：“书赠有缘人。”

远兮双手接过纸袋。

这是一个爱书人充满重量的托付。

老林不再理会店里众人，坐在账台内一手撸猫，静静对着玻璃瓶中的蜡梅出神。

远兮与许凌昀一前一后走出书局，迎面正碰上逛街归来的乔笑绵与骆佳馨。

两个女孩子人手一个小食排档常见的一次性纸碗，献宝似的捧到远兮跟前。

“远兮姐！正好赶得及！快快快！这是我和馨馨回来路上刚买的，尝尝看！”大概走得有些急，乔笑绵鼻尖上沁着几颗小小的汗珠。

我们吃过了，很好吃。骆佳馨比手语。

纸碗中堆叠着几只皮薄如纸的烧卖，透明的烧卖皮中包裹着色泽诱人的肉馅，在十一月底的冷风中还微微冒着热气，另一只碗中盛着热气腾腾的牛肉粉丝汤，一撮碧绿香菜撒在上头，被热气一蒸，香味绵延。

两个女孩的盛情难却，远兮掰开骆佳馨递来的一次性竹筷，搛起一只鲜肉烧卖，在两人殷殷注视下，送入口中。

烧卖皮子薄而柔韧，夹而不破，咬出个小口子，轻轻一吮，鲜甜汤汁顿时唤醒味蕾，再咬一大口，肉馅中小小一粒粒又嫩又脆的冬笋颗粒，为多汁的鲜肉烧卖带来别样的风味。

远兮吃掉一只烧卖，回身将手上纸碗往前一递："许先生、楼导、黄老师，我借花献佛，请你们吃烧卖。"

楼导早被空气中传来的香味馋得垂涎三尺："那我不客气啦！"

许凌昀朝摄影师摆摆手："黄老师你吃，我帮你拎器材。我就住在镇上，有的是机会逛夜市。"

一行人走到转角避风处，楼导与摄影师趁热吃烧卖，乔笑绵拿手肘捅捅骆佳馨，又朝站在人行道外侧，不动声色地护着远兮的许凌昀方向努嘴，骆佳馨露出个恍然大悟的表情来。

"远兮姐，我和馨馨再去逛逛，看看还有什么好吃的！"

乔笑绵拖着骆佳馨跑开，跟拍她们的摄影师无奈地摇摇头，尽职尽责地跟上两个女孩子。

远兮捧着热乎乎的牛肉粉丝汤碗，回眸注视两人身影融入人群，含笑问许凌昀："来买书？"

"向老林订了两本农业期刊。"许凌昀摊手，"我这人其实十分无趣，日常除了工作，只爱看书和美食。"

远兮挑眉："真的吗？我也是！"

两人相视而笑。

"有什么好书介绍？"远兮好奇他所涉猎的领域。

"《神秘的量子生命：量子生物学时代的到来》。"许凌昀看的书超乎远兮想象。

远兮露出求教表情。

"基本上就是研究和讨论量子力学如何在生命过程中起到核心

作用。”许凌昀言简意赅地总结，“就像网上戏言科幻电影，当一切情节无法解释的时候，就可以说是量子力学。”

远兮哈哈大笑：“过于形象！”

吃完烧卖的摄影师对楼导眨眼睛：不用拍下来？

楼导瞥一眼相谈正欢的远兮和许凌昀，视线移至被许凌昀拎在手里的录影器材：吃饭家伙都在人家手里，怎么拍？

我去把器材要回来？摄影师以眼神问。

算了，同节目没有太大关系，让他们去。楼导以眼神答。

次日的挑战任务没有像往常一样在早晨发布，大家庆幸可以不用早起就面对艰巨任务的同时，又担心节目组憋着什么大招。

果不其然，吃过午饭，主持人赵洋在选手们午休过后姗姗而来，召集大家到楼下集合。

清点人数，确认所有选手到场后，赵洋取出随身携带的任务卡，宣读本次挑战内容与任务规则。

“选手三人一组，前往镇上夜市，经营夜排档。晚八点开始，十点结束，哪一组营业收入最高，哪一组获得胜利。收入最低的一组将进入压力赛。每组有五百元预算，五分钟讨论，十五分钟采购，两小时准备时间。”赵洋取出抽签袋，“下面开始分组。”

选手们对这分组用的抽签袋又爱又恨，发出一阵长吁短叹。

“上一场比赛胜出的选手有权优先挑选自己的第一位队友。”赵洋宣布，“柳凝，请选择。”

在众人或期待或回避的目光当中稍作巡视，柳凝微笑着做出了选择：“乔笑绵。”

乔笑绵有经营排档的经验，实力不俗，柳凝绝不肯将她拱手让给其他队伍。

乔笑绵本来半躲在远兮身后，希望能和远兮分在一组，不料还是被点了名，只能无奈出列，走到柳凝身边。

赵洋从抽签袋中取出第一个名牌："米今秾。"

米今秾毫不犹豫地选择乔楚。

"郁远兮。"

远兮视线在人群中兜了一圈："骆佳馨。"

有选手发出嗤笑。

骆佳馨的眼神在注意到远兮的嘴型后，蓦然明亮，不等卞若珍翻译，雀跃着跑到远兮身边，一把搂住她的手臂。

"她不是听不见？怎么不用翻译都知道郁远兮选了她？"有人怀疑。

"简单字句可以通过唇形读懂。"卞若珍一边解释，一边慢悠悠走向远兮。

分组结束，毫无意外，柳凝组三人实力强劲，其他四组各有不足，尤其远兮一组，骆佳馨有听力障碍，大小姐伍明媚昨夜第一次接触夜市排档，整个人由内而外地抗拒排档食品，"嫌弃"二字明晃晃写在脸上，都不必后期加特效。

"郁远兮到底明不明白我们这是在比赛，不是做慈善？"乔楚纳罕，"她是不是傻？"

"也许她本来就打算出其不意……"安萍萍讷讷地说。

上一次由她担任组长的分组挑战任务以失败告终，全队选出五人进入压力赛。

她自认不偏不倚，以身作则，然而大部分队员都将矛头直指向她，推她出来担责。虽然在五人淘汰三人的压力赛环节她惊险过关，但内心深处，她越来越害怕参加团队挑战任务，也不想再担当组长。

"操心她做什么？我们先商量一下要卖什么比较赚钱。"米今秾后程发力，已隐隐然有进入前十之势。

被怀疑"是不是傻"的远兮组也在开小组讨论会。

“对于做什么小吃，馨馨和明媚有什么建议？”远兮取过纸笔，准备记录。

“五百元预算？能做什么？”伍明媚对夜市印象不佳，“烹饪条件受限，煎炒烹炸只能选择其中一种。”

“我认为我们应该避开夜市里已有品类。”卞若珍替骆佳馨即时翻译手语，“油炸臭豆腐、铁板鱿鱼、海鲜炒面等在夜市卖了多年而且口碑很好的小吃，我们尽量不要做同类小吃。”

远兮望向伍明媚：“明媚可有不同意见？”

伍明媚耸耸肩：“我没意见，听你们的。”

伍明媚有自己的小算盘。

郁远兮和骆佳馨的实力有目共睹。

骆佳馨虽然听力不行，但实力爆表，从未落入后三名或者压力赛窘境，郁远兮更是选手中的战斗机，一连参加三场压力赛，力压群“雌”，脱颖而出。现在谁还质疑她的参赛资格？与她一组，好过同她对抗。

本次挑战她只需听从组长指挥，不拖后腿，完成组长分派的任务，小组安全晋级，是她的首要目标。

“好，排除以上三种，我们各自对哪种小吃比较拿手？”远兮运笔如飞，将骆佳馨所提三种归入不考虑范畴。

“我会做一种海安特色小吃——”卞若珍注意骆佳馨手势，斟酌翻译用词，“文蛤肉丸，以文蛤肉入馅，加五花肉丁、马蹄碎、虾仁和鱼浆，搅打上劲，包裹面酱，油炸得外脆里嫩，可以与蔬菜同炒，或者氽汤，又方便又美味。”

远兮抬头朝骆佳馨微笑：“我会做一道类似的南通特色小食翡翠文蛤饼，方法与步骤大致一样，稍有不同。不如我们以文蛤为主要食材，卖文蛤肉丸与翡翠文蛤饼？肉丸可以提前炸制好，到夜市里再与杂蔬同炒，淋一点点特色酱汁……”

骆佳馨一拍手掌：也可以提前熬好高汤，卖文蛤肉丸汤搭配翡翠文蛤饼！

伍明媚听了卞若珍的翻译后，表示赞同。

三人又讨论需要购买多少食材及一次性纸碗、竹筷。

当赵洋宣布五分钟讨论时间到，出发前往赞助商指定超市进行采购时，远兮组已制订好整套购买、制作、销售方案。

超市距离大型主题游乐园不远，是一家新开业仓储式超市，采取会员注册制，以品类齐全、价格优惠而著名。作为《成长吧，厨娘》节目赞助商，超市为节目组提供大量厨房小家电和餐厨用品，本场挑战更是为节目组大开方便之门，允许摄制组入内进行拍摄。

各组一进入超市，便四散开来，各自直冲自己的目标。

远兮将购物清单与四百五十元预算交给骆佳馨和伍明媚："你们一起按清单采购，我去买些晚上用得到的东西。"

伍明媚接过购物清单，望着远兮往视频区相反方向走去的背影，一时有些疑惑：她就这么放心我和小哑巴单独在一起，不怕我欺负小哑巴？

一时又有点自我鄙弃：我欺负小哑巴做什么？

随后朝骆佳馨瞪大一双美目："跟紧我！这么大超市，当心走丢！"

骆佳馨看懂她的唇形，也不恼，抿嘴一笑，伸手挽住她手臂。

"跟就跟，挽什么手？你是小孩子吗？！"伍明媚嘴上不住嘀咕，到底没拂开她的手。

卞若珍索性落后一步，任由两个女孩子，不经她的翻译，从不相熟到摸索着彼此交流。

忽然便有些明白远兮将采购任务交给她们的用意。

十五分钟采购时间结束，各组前往结账口集合时，远兮臂弯里夹着一只毛绒玩具，另拎着一块小黑板和鼓鼓囊囊一包东西，站在本组超市购物车旁，引人侧目。

“她打算用玩偶招徕顾客？”乔楚诧异，“这是破罐破摔？”

米今稌视线在远兮身上一扫，笑吟吟：“不搞这些花样，她们组还有什么优势？”

一个不良于沟通，一个对排档全无认知，郁远兮独木难支。

远兮对受人瞩目习以为常，骆家馨只管埋头核对购物清单，生怕漏买食材，只得伍明媚，一一瞪视回去，毫不示弱。

两小时准备时间一闪而过，所有人在农庄吃罢晚饭，将各自提前料理好的食材装车，分组搭乘赞助商提供的流动餐饮车，前往夜市。

夜市一条街对面是镇上唯一集购物、餐饮、娱乐于一身的多功能商业广场，恰逢周末，镇上年轻人泰半会来看一场电影、吃一顿饭。电影开场前、散场后，正是逛夜市吃小食的黄金时间段。

节目组向镇上城管及食品卫生管理部门进行报备，选择一周当中最好的时间，进行这场夜市挑战。

七点刚过，五辆流动餐饮车驶入夜市一条街，挑战小组进入场地，做开市前布置。摄制组则开始架设固定机位，铺设缆线，调试灯光……整个节目组有条不紊地行动起来，现场人多纷乱。

周末外出逛街吃饭的路人逐渐被声势浩大的餐饮车队吸引，过来围观。

“咦？拍电视吗？”有人好奇

“不知道啊……”有人茫然。

“好像昨晚也在此地拍摄，我好友圈有人晒图。”有人答疑。

“拍综艺节目吧？就在镇上农场里，已经上了好几天热搜。”这人消息灵通，为众人解惑。

“什么节目？”好奇的人继续问。

“来来来，我同你说……”消息灵通人士立刻滔滔不绝。

更有不少路人拿出手机拍照、录制视频。

场工在总导演示意下出面，引导围观群众往夜市入口排队。

“抱歉！《成长吧，厨娘》节目组在此拍摄，给大家出行、就餐带来不便，请大家谅解。节目将在八点准时开始拍摄，到时欢迎大家前来，品尝选手们制作的小吃，为选手投票！”

“啊，我们的电影七点四十分开场。”赶着要去看电影的小情侣言若有憾。

“我们的小吃排档将营业到晚上十点，欢迎电影散场后光顾。”场工反手接过大胡子助理递来的传单双手奉上，“扫码有惊喜。”

“我们也要！”围观路人的热情被吊得老高。

七点四十五分，造型师文森特和助理贾思敏对所有人的发型、妆容、服饰做最后检查。

贾思敏在车厢内与远兮拉开一臂的距离，左右打量，有些不满意地欺近远兮，左右调整她头上浅蓝色厨师工作帽的位置，重新用黑色发卡固定好，重又退至一臂之遥处，细细观察两秒，这才露出一丝微笑：“完美！”

远兮深吸一口气，朝骆佳馨和伍明媚伸出手。

女郎们白皙滑嫩的、微显粗糙的、纤长坚定的手，紧紧握在一处，彼此在内心深处，为自己喊一声“加油”，随后放开手，向一侧推开车窗、拉升防尘遮雨棚，迎向夜色之中的挑战。

远兮一组在抽签时抽到三号，排挡位置位于中间，并不占优势。

骆佳馨的听力问题成为她与顾客交流的最大障碍，即使卞若珍能及时为她与顾客之间搭起沟通桥梁，但这一来一往之间，难免会有时间差，影响速度。

远兮在开市前，在组内进行一场简短对话。

“小伍负责下单、收款，我负责制作翡翠文蛤饼和送餐，馨馨负责制作辣炒文蛤肉丸，你们有异议吗？”

“我下单，她听不见怎么办？”伍明媚直指问题症结。

远兮将讨论时节目组发给他们的拍纸簿和笔以及纸胶带展示给她看：“把顾客点的东西写在纸上，一定要写清楚，然后按点单先后顺序用胶带粘在流动餐饮车操作面板旁边。”

骆佳馨点点头：我知道了。

“怎么招徕顾客？大声吆喝的活我可干不来！”伍明媚并不讳言。

远兮微笑：“山人自有妙计。”

等到八点开市，与其他组派人站在点餐口形成鲜明对比的，是远兮这辆车，点餐窗口边挂一块半人高黑板，旁边点缀一圈LED灯串，灯光不断闪烁变换颜色，映得黑板上用荧光笔写的两行艺术体大字格外醒目：

海安特色小吃——文蛤肉丸、翡翠文蛤饼，欢迎品尝！

另有一只摇头晃脑的毛绒玩具兔，安坐在收银机旁，两只兔耳时不时前后摆动，腹中传出带些播音腔又有点调皮的女声：“不用远赴海安，只需二十元、二十元！即可品尝正宗海安特色小吃：文蛤肉丸、翡翠文蛤饼。走过路过，不要错过！”

伍明媚目瞪口呆又深觉羞耻：“郁远兮！这兔子不是摆设吗？！”

远兮不明所以：“你为什么会认为我花掉预算，就为了买一个摆设？”

伍明媚一愣，竟无言以对，末了一捂眼睛：“画面实在太美……”

骆佳馨在一旁与卞若珍笑得双肩颤抖。

餐车内的气氛顿时变得轻松起来。

远兮不走寻常路的宣传策略果然奏效，不多时已有不少食客前来排队。

"一份炒文蛤肉丸，配甜辣酱。"伍明媚一边向食客确认，一边记录菜单，"二十元，谢谢！"

食客以手机扫了节目组事先打印出来的三号车支付二维码，付款成功后，伍明媚示意他稍等，又去接待第二位客人。

"辣炒文蛤肉丸一份，翡翠文蛤饼配辣酱一份，四十元，谢谢！"

迅速而来的生意令从小到大养尊处优，没有为工作挣钱烦恼过的伍明媚激动万分，一边将点单纸扯下来往操作板旁边贴，一边朝远兮和骆佳馨眨眼睛：开张了！开张了！

远兮与骆佳馨则手脚麻利地从冰箱中取出装有炸制过的文蛤肉丸和调制好的蔬菜鸡蛋面浆与切配好的蔬菜。

骆佳馨负责快炒，而远兮则负责将调味过的文蛤肉与蔬菜鸡蛋面浆混合后在铁板上煎成一个个小圆饼，煎熟后同样佐以清爽的快炒时蔬，盛在一次性纸碗中，根据食客要求，淋上一勺辣酱，然后接过骆佳馨炒好的文蛤肉丸，一道端往窗口。

"一号的炒文蛤肉丸配甜辣酱！二号的辣炒文蛤肉丸、翡翠文蛤饼配辣酱一份！"

最先点单的两位食客上前分别接过自己的小食。

其中一人在远兮缩回厨房前与远兮打了个照面。

"哎？你不是……"年轻食客一手捧着纸碗，一手想拿手机拍照。

远兮在透明食品口罩后对他微笑，在他用手机留下影像前，退回点餐窗口后的厨房。

年轻食客兴奋得几乎捧不稳小吃，单手艰难解锁手机，打开社交软件，发定位的同时不忘输入今晚的遭遇：

周末无事，与朋友出门逛夜市，竟然碰到拍摄综艺节目，还吃到知名主持人亲手递上的小吃！

与远兮一组相隔五米远的二号餐车也卖出了她们的第一份菠萝

时蔬烤肉串和辣炒小酥肉。

柳凝将肉串放在铁盘上来回翻烤，不忘和乔笑绵商量更改策略："看来郁远兮她们组，是我们最大对手。至少我们没想到她们的宣传手段。"

她们只想到买足够多、足够好的食材，在餐具上节约成本，靠吆喝赚取眼球，试图引起路人的注意，可同郁远兮那闪闪发光的黑板相比，便逊色许多。

"不如趁现在点单的人不多，我下车去路口多拉几个顾客来。"乔笑绵不像其他选手脸皮薄，开不了口。

"为防万一，我备了一罐果珍，你出去宣传时，说我们买满五十元，送一杯果珍。"柳凝当机立断。

"一句话！"乔笑绵利落地跳下餐车，往人多热闹处跑，双手拢在嘴边，高声宣传，"二号餐车，菠萝时蔬烤肉十元一串，特色辣炒小酥肉十五元一份，买满五十送清爽果珍一杯！"

她个子不大，中气十足，声音一下子传得老远，引得不少路人驻足。

"二号餐车，就在前面不远处！酸甜烤肉串、辣炒小酥肉，送清爽暖心果珍！"

买小吃送赠饮，吸引力大增，陆续有食客前往二号餐车前排队。

米今秾餐车前至今无人光顾，此时听见动静，站在餐车门口朝二号、三号车方向张望。

"要不然我们也送点什么？"安萍萍迟疑地征求她的意见。

"送什么？"米今秾有些烦躁。

柳凝组送饮料，郁远兮组自带声光特效，她一门心思想在小吃上搞创新，以特色博取眼球，却没有考虑过在人来人往的夜市里怎样推销自己。现在再去拾人牙慧，不免落了下乘。

"买芝士舒芙蕾送水果？"本来草莓碎是装饰在舒芙蕾上一起

烘烤的，现在单独拿来盛放，挤一点鲜奶油在上头，作为赠品，应该可行。

米今秾考虑再三："只能如此了。"

乔楚把手上分装好的小纸杯推入烤箱，摘下围裙，下车："酒香也怕巷子深，我到另一头去拉些客人回来！你们看着烤箱，烤好取出来在点餐口摆几份样品，或者干脆切成小份，请客人试吃，尤其是带着小朋友的客人。"

五组选手各出奇招，空气中弥漫的除了食物的香味之外，还有浓浓的竞争气氛，厚重得仿佛有火花噼啪作响，一触即发。

每辆流动餐车前都排起或长或短的队伍，食客们拿到小吃，纷纷拍照上传分享。

甚至有人当场直播：

"同姐妹们相约吃饭唱歌，来得早了，想先兜兜看看，不料在我们镇上的夜市遇见综艺节目拍摄。这可是我第一次近距离接触电视拍摄呢！"女孩子用手机前置摄像头，越过自己的半张脸，展示身后光影闪烁的餐车，随后镜头一转，展示拿在手中的以洋葱、彩椒丁垫底，淋着甜辣酱汁的小圆饼，"这是海安特色小吃翡翠文蛤饼，据排在我前头的帅哥说，是一个很有名的主持人做的，哈哈让我试试看主持人的厨艺如何？"

她鼓着腮，嚼嚼嚼，眼睛里升起意外的惊喜颜色，将手里的纸碗凑近镜头："好吃、好吃！这个翡翠文蛤饼看起来不太起眼，个头比铜钱略大，二十元五个，其实我没抱太大期望。但它外皮微微焦脆，内馅鲜香软嫩，有大海独特的鲜美味道，又有蔬菜的鲜嫩，每一口味道都恰如其分相得益彰。"

女孩子的直播引来颇多看客，收到不少打赏的同时，还有人问夜市在哪里？是哪个主持人？味道真有这么好？你不会是节目组请的托吧？

女孩好脾气，不急不恼，一一作答。

“在哪儿，嗯，我拍给你看。”她把手机镜头对准街边路牌，“想来的话要抓紧喽，听说拍摄到十点结束，现在已经八点半了呢。

“究竟是哪个主持人我也没注意，都是很酷的小姐姐。味道真的很好，我形容词有限。做小吃的小姐姐们全都人美厨艺好！”

到晚上九点，原本周末就热闹的夜市，已人山人海，每辆餐车前都排满等待美味小吃的顾客，连带原本夜市里的小吃排档生意都红火许多。

总导演在摄像师身后，笑得合不拢嘴。

“形势大好啊，形势大好！”他兴奋地来回搓手，这一集亮点太多。

队友不良于言，另辟蹊径招徕顾客的郁远兮；从一开始忸怩消极，到放下身段，扯开喉咙吆喝的伍明媚；商业头脑一流，自发派送赠饮的柳凝；活力四射，始终保持旺盛精力的乔笑绵；奋起直追，在偌大夜市四处拉客的乔楚……

每个人都在朝着目标努力，每个人都在茁壮成长。

第二十二章

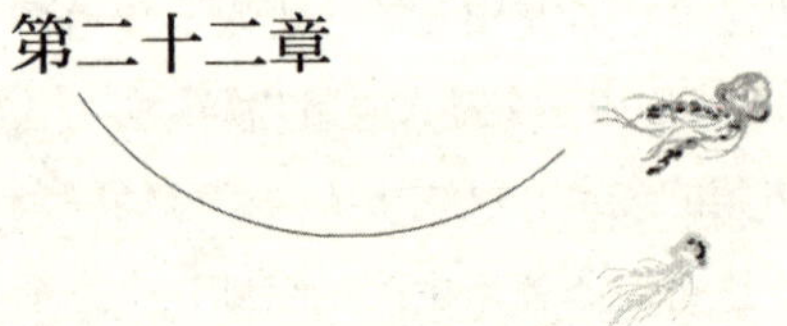

十点整，每辆餐车内设置的闹钟同时响起，挑战任务结束。

颇有些乘兴而来但还未及付款的食客大为遗憾，场工悄悄上前将他们引至一边，出示二维码："扫码关注《成长吧，厨娘》节目官方账号，找到下方报名入口，填写真实信息，有机会到现场观看十强现场比赛。比赛当日不但有美食，还将有意想不到的惊喜！"

食客们的不满因得到弥补而消弭于无形，渐次散去。

五辆餐车驶离夜市，返回农场。

各组清点当晚现钞收入，移动支付收入已交至总导演手中。

当各组现金收入数据得到节目组确认，与移动支付金额汇总，总导演脸上露出一丝意外表情，随后将记事板递给主持人赵洋。

"在公布今晚各组营业收入前，先让我宣布一下本场挑战任务的奖励：获胜的小组将前往本城著名地标建筑，亚洲第一高楼亚洲之巅透明玻璃餐厅用餐，感受本城绝顶夜色，品尝米其林一星餐厅美食。”

现场响起一片向往的赞叹声。

“好的，首先揭晓的是第二名——二号餐车，两千一百七十五元！”

柳凝、乔笑绵和同组长卷发听完成绩，欢呼着彼此击掌。虽然没能获得第一名，但仍远超她们的预期，并且以第二名的成绩顺利晋级，值得庆贺。

“接下来将揭晓今晚挑战胜出的队伍，她们业绩惊人，超出第二名将近五百元，她们是——”赵洋拖长声音，视线在其他四组来回巡视，“三号餐车！今晚营业收入两千六百三十元！”

远兮、骆佳馨、伍明媚三人激动得紧紧抱在一起，手语翻译卞若珍更是在一旁双手捂唇，以免失态。

卞若珍亲眼看见三个女孩子如何克服交流沟通障碍，在两小时挑战中忙得脚不点地，连一口水都没工夫喝，从最初生疏合作到后来协作无间，伍明媚在点餐纸上简单写“一丸辣”“二饼甜辣”，远兮与骆佳馨便能心领神会，毫无差错地送上食客要求的小食，无形中缩减等餐时间。

赵洋扬一扬手中记事板：“今晚成绩最差的队伍，出乎意料，有两队收入相同，并列最后一名，他们是：一号车、五号车。”

一号车在夜市卖芝士舒芙蕾，其本意是另辟蹊径，避免同质化竞争，奈何定价偏高，受众面小，烘焙制作时间较长，导致她们整组出餐速度落后于其他做快炒、烤串的餐车。

五号车与一号车情形大致相同，生煎锅贴现包现煎，制作数量有限，周期长，无形中就与其他几组拉开差距。

对挑战胸有成竹势在必得的米今秾满脸错愕，没能获胜也就罢了，竟然还是最后一名，要与另一组共同面对压力赛！

她不服气："我有话要说！"

摄影师、摇臂摄影机齐齐对准她。

安萍萍拉拉她的围裙，示意她算了，不要争了。

米今秾甩脱安萍萍的手："我看见她在挑战期间，买了其他食材销售，她违反了挑战规则，应该取消她的参赛资格！"

她将手往远兮方向一指。

所有目光齐刷刷聚焦在远兮身上。

远兮不意米今秾也如此输不起，不思如何应对压力赛，倒先将矛头指向自己。

"我可以说吗？"远兮征求总导演意见。

总导演乐不得地做了"请"的手势。

"我有两点需要澄清。"远兮不疾不徐，"首先，我在购买食材之前，问过导演，是否可以补充食材，因为我们当时已经卖光所有事先准备的材料。在得到导演许可后，才前往对面购物中心超市补货。"

"节目组偏袒……"米今秾脱口而出。

安萍萍几乎是扑上去一把捂住她的嘴。

远兮露出一丝微笑："其次，挑战规则规定每组有五百元预算，五分钟讨论、十五分钟采购、两小时准备时间。本组并未比其他小组多得一分钱预算，多一分钟讨论或者多一分钟采购、准备。刚才补货动用的是今晚的营业收入，占用的是挑战任务内时间。规则没有明确不可以动用营业收入和合理占用时间吧？"

"你、你强词夺理！"米今秾拂开安萍萍的手，气结，"你们都默认她钻节目规则漏洞？"

乔楚叹息，拍拍她肩膀："技不如人，起码输的姿态要好看些。"之后不再理会她，同安萍萍一道上前祝贺远兮三人挑战胜出。

米今秾孤零零站在原地，不远处的热闹仿佛与她无关。

她忽然有些明白魏橘的心情，那种几欲喷薄而出的不甘心。

明明那么努力，却得不到认可，而有些人轻易就能获得掌声。

凭什么？！

比起米今秾内心愤愤不平，乔笑绵则由衷替远兮和骆佳馨感到高兴。

结束当天拍摄，回到宿舍，三人先后洗漱，齐齐挤在一张床上，乔笑绵乐呵呵地比手画脚：“你们大概没注意，我在旁边看得一清二楚。米今秾一张脸，哗！黑似锅底！”

她拿两手食指向下压低眼角，做一个充满怨气的表情：“喏，这样！”

骆佳馨笑得直拍她肩膀。

远兮伸指弹她额角：“她输了志在必得的挑战，不开心而已。”

她很早以前已经明白，刻意讨好所有人，最终只会失去自我。

米今秾的怨怼不满很难影响她。

“明天压力赛，不晓得谁会被淘汰。”乔笑绵趴在床上，双手撑着下巴，思维跳跃。

希望乔楚、萍萍能顺利通过压力赛。骆佳馨将头轻轻靠在远兮肩膀上。

参加节目拍摄至今，她也逐渐和选手们从陌生到熟悉，很多人由最初对她敬而远之，到现在愿意和她像正常人一样交流，甚至学习简单的手语来与她沟通。

她不再是那个困囿在家人和有限的聋哑人朋友圈子里的骆佳馨，她结识了新的知交好友，见识到了更广阔无垠的世界，她能感觉到自己看待事物的眼光有了改变。

远兮微笑，伸手摸摸两个女孩子头顶：“大家都辛苦一天了，早点休息。”

熄灯后的宿舍陷入一片黑暗，月光从窗帘缝隙中洒进室内，照在远兮床上。

远兮了无睡意。

她在脑海中回想晚间夜市上，九点刚过，她们发现食材告罄，稍作思索，她决定去向导演争取动用营业收入补货的机会。

“万一导演不同意……”伍明媚不是不迟疑的。

“如果不去，我们大概率会垫底。”远兮分析处境，要么输，要么放手一搏，“如果出了什么问题，你们通通推在我身上。”

她不再犹豫，跳下餐车，去找总导演协商。

总导演得知她的来意，果然并不反对，甚至语带鼓励：“既然挑战规则上没有明确不允许，那当然就是可以的。去吧去吧！”

远兮记得她在获得总导演首肯后，朝着购物广场方向飞奔，风在她耳边拂过，人群自她视野中倒退，她血液中有一个声音对她说：快些，再快些！

她的眼角余光略过，许凌昀站在人行道上，身边有个同他年纪相仿的男子，手里捧着小吃碗。

他与她视线交汇，又彼此错开。

等她将生鲜超市里最后一点新鲜蛤蜊包圆，拎着两个保鲜袋返回夜市，已看不到许凌昀的身影。

远兮不确定他是不是到现场去替她加油的，但在人群中看到他，还是教她有一点点开心。

其实不止一点点，在入睡前，她心里有个小小的声音说。

许凌昀还没睡。

他在自家客堂间里，八仙桌对面坐着从国外，趁圣诞假期将至，回来探亲的学长齐国明，八仙桌上摆着刚启出来的陈酿桂花酒和才蒸好的大闸蟹。

齐国明抵埠，在镇上新建的与国际主题游乐园配套的五星级酒店房间里倒头睡到自然醒，一个电话约许凌昀出来小聚。

移民头两年，他忙着在加拿大站稳脚跟，融入当地社会，未能回国。移民第三年倒是同父母妻儿一起回来过一次，可惜老家几个或远或近的亲戚为地、为钱不依不饶地寻他麻烦，令他头大如斗，去年索性接了年逾八十的老外婆到加国团聚过春节。

“外婆说那边太冷，人都不认识，电视也没几个看得懂的频道，去过一次，再不肯去。”齐国明无奈，“她老人家年纪大了，不愿意跟我们去国外颐养天年，只好我有假期，来回多跑几次。”

“外婆身体康健、精神矍铄，能挥拐把上门骗钱的骗子打得抱头鼠窜，落荒而逃。”许凌昀一直记得学长在他走投无路时对他的帮助，自觉无以为报，唯有平时对老外婆多加照顾，每周前去探望，送肉送菜。

齐国明失笑：“是，她老人家精神健旺得不得了，喉咙‘嗙嗙’响，打电话话筒需拿一尺远才不致震伤耳膜。”

酒店距离步行街不远，自酒店出来，两人边走边聊，不经不觉便走到夜市街口。

齐国明大为感慨。

“我记得当初移民那会儿，主题乐园尚未完工，还在建造当中，这次回来，感觉是一番全新气象。连老步行街都格外热闹啊……”

“今天正好有综艺节目在此拍摄，碰巧了。”许凌昀远远看见节目组一干工作人员。

“走走走，我们过去看看！”齐国明颇觉新奇，“在那边，晚上除非市中心酒吧一条街，余则冷冷清清，商店五点关门，餐厅九点打烊。”

看学长一头钻进人群，许凌昀好不抗拒地跟在后头，也挤了进去。

人头攒动的热闹喧嚣中，他一眼看见远兮。

她穿一件白色厨师服，系蓝色围裙，短发压在一顶蓝色棒球帽下头，透明塑料餐饮口罩遮不住她深刻鲜明的轮廓。

他站在队伍后头，看着学长排队付款手捧一次性纸碗返回他身边，两人挤出人群，回到人行道上。

“嗯？味道可以啊！”齐国明蘸着甜辣酱汁，尝一个文蛤肉丸，有些意外地将碗递到许凌昀面前，“是我先入为主，还以为拍综艺节目的小女生只是装装样子，做不出什么美味来。”

许凌昀没有留意学长，他的全副注意力，都被远兮由远而近奔跑着的身影吸引。

她在夜色融融中向他跑来，发梢随她的脚步飞扬、落下，每一步都似踏在他的心田之上。

然后与他错身，奔向远处灯火通明的世界。

学长并未察觉这弹指瞬间的相遇离开，收回手上纸碗：“你不吃我可全吃了啊！二十元五个丸子根本填不饱肚子，快请我吃香的喝辣的！”

许凌昀收回目光：“家里准备了好酒好菜，扫席以待。”

“那还等什么？走！”

许凌昀与齐国明步行回家。

院子角落里那株蜡梅含苞待放，暗香隐隐，陌生人的脚步声引得前后农家宅院里的狗“汪汪”直叫，热闹非凡。

齐国明笑着调侃：“我这才离开几年？狗都不认识我了。”

许凌昀请他在客堂间小坐，打开电视，端上早已备下的盐水花生同卤水毛豆：“学长电视看看，毛豆剥剥，饭菜马上就好。”

“阿姨呢？”齐国明左右不见许母。

“周末，与朋友相约进城去看舞台剧。据说舞美指导是好莱坞大师级人物，全剧所穿旗袍皆出自苏绣大师之手，她去‘朝圣’。”许凌昀笑言，“狂热程度大体相当于现在年轻人追星。”

许凌昀留学长在客堂间闲坐，自去厨房，拍开一罐去年酿的桂花酒的泥封，另切盐水牛腱子和羊糕一盘，又拿葱姜蒜蓉盐糖生抽调一碟酱汁，送到桌上。

“先吃几个冷菜，清蒸大闸蟹和本帮全家福稍后就好。”

师兄弟二人对坐，许凌昀为彼此斟满一杯酒，举起酒杯：“薄酒淡菜，为师兄接风洗尘，师兄不要嫌弃。”

齐国明与他碰杯：“不嫌弃、不嫌弃，还是你最了解我！什么米其林、西餐厅，都不如来一对大闸蟹实惠！”

两人小酌闲聊，齐国明谈及所在加国生物制药公司：“福利待遇好，工资对比国内自然是高的，公司求贤若渴，想在国内开设联络办公室，拓展对华业务，你有没有兴趣？”

许凌昀笑一笑：“我上了行业用人黑名单。”

齐国明一愣，随后愤愤不平地爆一句粗口：“姓曲的做事这么绝？”

许凌昀十分坦然：“我现在务农，生活充实，收入颇丰，和过去没有什么交集，那些事对我的影响已经微乎其微。”

齐国明越过桌面，拍拍他肩膀：“豁达还是你豁达！”

“多亏当年学长雪中送炭。”许凌昀再敬他一杯酒。

“唉！什么雪中送炭不送炭的！”齐国明摆手，“我家这些地，卖，卖不得！便宜租给亲戚，他们还觉得我没人情味，无偿给他们使用，回过头来还要说是他们替我家‘照看’。我倒宁可租给你。”

“今年收成不错，学长你的分红比去年略有增加。”许凌昀大致知道齐家那些亲戚为耕地和宅基地的归属闹得不可开交，惹得齐父、齐母双双气得宁可被儿子接至人生地不熟的加国养老，也不愿意留在浦江面对吃相难看的亲戚。

“不要不要！你自己存着将来结婚生子用。”齐国明拒绝。

当年他着急移民，正好师弟落魄，无处可去，他以每年一元象征性的价格，将家里世代耕作的农场出租给师弟，既杜绝贪得无厌的亲戚们的觊觎，又给师弟容身之所。

他就没想过农场会扭亏为盈。

师弟自农场开始盈利起，每年都给他一半分红，他受之有愧。

“我留下这一半已相当可观。”许凌昀隐有自豪之色。

“朋友，可以啊！”齐国明捶他一拳，“来来来，当浮一大白！”

厨房里传出香味来，许凌昀起身去自蒸锅中取出蒸熟的大闸蟹，与事先调好的桂花蟹醋一道端上桌：“师兄尝尝我们农场养殖的塘蟹。”

“不是稻田蟹？”齐国明在农场官网上看到过稻田蟹的宣传。

“水稻收割完毕，稻田蟹同时落市，现在能吃到的，基本都是塘蟹。”许凌昀向学长解释。

刚蒸好的蟹饱满彤红，放在八仙桌上满室生香。

师兄弟二人各取一只雄蟹，慢悠悠地拆绳拗脚去脐掰盖，金灿灿的蟹黄、白皙的蟹膏，舀一勺桂花蟹醋浇在蟹盖里，待蟹醋稍稍浸润蟹脂，用小调羹轻轻挖出，送入口中，只消一抿，便融化在唇齿之间，黏稠香鲜，赛过一切山珍海味。

齐国明喉头发出一声满足长叹：“去国怀乡，最念此味！”

“鲜活的不便运输，学长回国前，我请农场里的阿姨做两罐秃黄油给你带回去。”许凌昀闻弦音而知雅意。

“那我可不客气了！”齐国明朝他举杯。

酒过三巡，菜过五味，齐国明拍拍肚皮：“满足！”

他自觉帮许凌昀收拾杯盏碗筷，说起此番回国的另一目的。

“今年校友会，你仍不打算参加？”

当年师弟公司破产清算，师弟本人负债累累，不明真相的人无非感慨一句“又一个创业失败的案例”，但知晓内情如他，很替这个师弟不值。

“只是每年恰好都忙。”许凌昀将垃圾分门别类归入垃圾袋，“也有些无颜面对师长。”

“什么无颜面对？！”齐国明手上的竹木果盘“哐”一声蹾在饭桌上，“曲鸿程还真以为窃钩者诛，窃国者诸侯？他窃取了你的研究成果，拉走公司核心骨干另起炉灶，阻断你的上游供货商，掐断你的资金链，他还真当他做的事天衣无缝，无人知晓？”

“师兄，消消气，消消气！”许凌昀反倒没那么气愤，“是我技不如人，输就输了。我现在更换赛道，从头再来，成绩也还不错。”

“那就一起去参加校友会，与大家聚一聚。”

“我……”许凌昀略有犹豫。

“要说没脸见人，也应该是曲鸿程、秦恩琦夫妻俩。除非你还没放下秦恩琦！”齐国明目光灼灼，盯住师弟不放。

许凌昀拿抹布擦干净饭桌，稍稍退后半步，侧头看一眼桌面。

油亮的桌面微微反着光，他满意地点点头：“好，我参加。”

曲鸿程与恩琦，这两个总令他心底某个隐秘角落隐隐作痛的名字，此时此刻被学长提及，没有在他的心湖泛开太多涟漪，似两点细雨，落在平静水面上，引不起任何波澜。

“就这么说定了，你到时可别反悔，临阵脱逃！”齐国明拍板。

师兄弟二人晚上喝了不少桂花酒，虽然度数不高，到底有些上头，齐国明索性宿在师弟家。

第二天许凌昀难得睡到日上三竿才起床，坐在桌边，与学长一人一碗泡饭、两个葱油花卷，另有一碟用花雕酒秘制的软壳醉蟹。蟹壳薄软如纸，只需轻轻一嘬，鲜咸滑嫩的蟹肉便落在唇舌之间，搭配清爽温热的泡饭，使人身心愉悦。

下午他陪学长前去探望老外婆，接上老人家到镇上本帮菜老饭店吃晚饭。

老外婆精神矍铄，讲起话来中气十足，牙口也好，一碗老鹅烧茨菇，能吃好几块鹅脯肉，席间还不忘埋怨外孙："哪儿能不把囡囡团团也一起带回来？阿婆想伊拉（他们）了！"

回头又催许凌昀："小昀准备啥辰光请阿婆吃喜酒？阿婆大红包老早准备好了，一直送勿出去。侬欢喜啥样子小姑娘？阿婆介绍把侬（给你）！"

老外婆絮絮叨叨，许凌昀好脾气地只管笑，不答。

"他眼界高，一般小姑娘看勿中，阿婆侬覅管伊。"齐国明一边朝许凌昀眨眼睛，一边替他打圆场。

欢喜啥样子小姑娘？

许凌昀在心里问自己。

颀长，短发，额头饱满，五官深刻，不笑的时候有些冷，笑起来冰雪消融。

那姑娘仿佛从浓荫深处向他走来，一步一步，似一道剪影在他心中逐渐清晰，就此驻足不去。

他倏然微笑："我一定努力，不教阿婆的大红包落空。"

"好好，阿婆等牢侬！"老外婆听得眉开眼笑。

齐国明朝他眨眼睛："来来来，老实交代，可是有了意中人？"

许凌昀抬手为学长倒一杯玉米汁："八字还没一撇。"

饭后两人陪老外婆到主题乐园一游，入夜恰遇见当晚烟花秀，辉煌绚烂的烟花在夜空绽放，看得外婆孩子似的，不停鼓掌。

直到出园，还对那一场盛大的烟花秀念念不忘。

“人家游乐园能办得那么大，是有道理的！老早过年，烟花爆竹哪家不放？我记得明明最爱放夜明珠，两三支一道放，嗖嗖嗖，五颜六色的烟花弹冲到天廊厢（天上），好看，闹猛！这个烟花秀，比那个好看多了！”

师兄弟两人齐齐笑。

转天许凌昀回到农场，几乎立刻意识到，摄制组已撤离农场，留下部分工作人员，就场地做收尾工作。

他站在农舍大堂，隔着一片竹林，望向谷仓方向，董晴手持票据，从办公室走到他身边，与他并肩而立。

“一个月的拍摄时间，过得真快！”她拿一沓厚厚票据轻拍自己手心，“场地使用费落袋为安，我们也终于可以恢复正常经营。”

小白扑在前台里哀叫一声：“说结束就结束，太快了！怎么不多拍几天？！”

农场封闭拍摄，农舍前台、餐饮、客房诸人轻松地轮流各放了半个月假。惬意辰光实在过得太快，一时真有些难以适应。

“比赛结果如何？”许凌昀回头问农场八卦女郎。

小白站直身体：“许大哥你其实只关心郁助理的比赛结果吧？”

被说中心事，许凌昀老脸一红。

小白嘿嘿一笑：“许大哥放心，郁助理顺利过关，还拿下挑战奖励，可以去吃大餐！”

董晴撵小鸡似的赶小白走，转而对许凌昀解释：“你这两天不在，节目组完成最后一场压力赛，决出十二强，封闭拍摄结束。往后十二进十、十进八比赛采取直播方式，具体时间要根据录播集播出的时间再行调整，会提前与我们联系，李老师方面保证会送一些入场券，请我们带亲朋好友观看总决赛。”

"我要去看决赛！"小白插嘴。

董晴白她一眼，继续道："郁小姐进入十二强，昨晚已与其他选手一起离开农场，恐怕要过一段时间才能再见到她了。"

老板喜欢郁助理，这在农场内部，已不算秘密。外至门卫老杨，内至食堂大厨陆师傅，凡有眼睛，都看得出来，他们许老板对郁助理，那藏都藏不住的喜欢。

"郁小姐参赛，拍摄计划做出调整，节目组通知我们原定于元旦的拍摄取消。"董晴大为遗憾，"少赚一大笔。"

"这么心疼？"

"赚钱使我快乐！"董晴的声音响亮到在大堂里回荡。

许凌昀闻言微笑不已。

往事成烟，跟着他胼手胝足，从头开始的人，并没有被生活打倒，仍乐观快乐，真好。

远兮回到家，受到父母热烈欢迎。

郁侑庭大手一挥："今天老爸下厨，做一桌好菜，你们只管坐等大餐！"

陶穆握住女儿双手上下打量："瘦了，精神倒足。"

"您总觉得我瘦。"远兮无奈。

其实体重丝毫未减，因为封闭拍摄，缺少运动，倒还重了两斤。

陶穆摸摸女儿脸颊："拍摄告一段落，总能在家好好休息几天了吧？"

远兮满口答应："好的，王阿姨约你们一道去泡温泉看雪景，我也一起去！"

"说好了不带你，自己玩去！"陶穆一把推开黏在她身边的女儿。

远兮倒在沙发上，窃笑。

晚餐果然丰盛，郁侑庭拿出浑身本事，一人一盅蟹酿橙是当晚重头戏。

橙黄色橙子盛在细白瓷盅里，碟子上铺撒几枚菊花花瓣，看起来赏心悦目。

刀刻成锯齿状的橙盖一揭，橙香与蟹香形成独特鲜甜香气，扑鼻而来。

“宋人林洪《山家清供》记载：‘黄中通理，正位居体，美在其中，而畅于四肢，发于事业，美之至也。’”郁侑庭向妻女展示自己最新厨艺成果，“来品评品评，老爸这道菜做得如何？能得几分？”

酿在橙中的蟹肉，入口有水果香气，中和了猪肥膘与蟹肉同蒸的肥腻感，既香且鲜。

“老爸的厨艺又上一层楼。”远兮朝父亲竖起大拇指。

“那是自然！”郁侑庭自得，“我女儿像我，对厨艺先天一点就通，厨艺比赛得个第一没问题！”

陶穆没眼看：“哪儿有你这么吹嘘自己女儿的？”

一家人吃罢晚饭，远兮如常随父亲下楼扔垃圾，散步去新岸拳房。

一俟进门，就有不少人注意。

“师兄，师兄，郁师姐来了！”

“师父！小郁姐来了！”

远兮一路走进去，一路受到夹道欢迎。

小祁将正在上课的几名学员丢给助理教练，跑过来意图大力拥抱远兮，被她轻轻闪身避开，手掌压住他的手腕，一转一挑，便将他的一边膀子制在身后，动弹不得。

小祁也不恼，扬声问一旁看热闹的学员们：“看见了没有？把我教你们的招式练到熟，变成一种身体的条件反射。出门在外，碰见一两个身材、体力相当，过于热情的异性，这一招简单粗暴有效。”

学员们哄笑，远兮顺势放开小祁。

小祁动动肩膀：“小师姐，晚上有没有空？一起吃夜宵。”

蔡师傅过来：“叫上你几个师兄弟，我请你们吃全蟹宴。”

远兮失笑：“您还记着全蟹宴的事呢？不用不用，今晚我爸刚做了蟹。您要真是非请不可，就隔壁云阳路美食一条街，请我们吃最火爆的蒙古烤肉。”

蔡师傅眼里带笑，拿手点点她：“同你爸一样，小吃客。那就蒙古烤肉。”

到九点半下班，果然招呼上拳房里的拳师，请郁侑庭远兮父女去吃蒙古烤肉。

那蒙古烤肉的摊子设在美食一条街上一座临时搭建起的蒙古包内，因生意实在太好，总要排队。多亏拳房师兄弟众多，提前派了个小师弟过来占位子。

蒙古包里围着一圈矮桌，客人席地坐在软垫上，中间架着炭火烤炉，上头连着排气烟囱，直通出帐顶。

负责烤肉的小伙子本来穿一件蒙古袍子，只是离烤炉太近，热得只好将袍子半褪至腰部，精赤着上半身，身上的腱子肉随着他将一大把烤肉串捧起反转放下的动作而偾张起伏，有种粗犷原始的健美。

不少前来吃烤肉的食客都忍不住拿出手机拍照。

小祁见远兮看得目不转睛，忍不住道：“这有什么稀奇？我也行。”

“他这个，没三两年，练不出来。”远兮其实是被香气四溢的肉香吸引，“肉块得切多大、放多少盐、腌多久、炭火的温度、烤制的时间，全凭经验。”

蔡师傅一拍徒弟后脑勺：“不懂就多听多看。”

小祁龇牙一笑。

蒙古族小伙儿烤的一批肉，由两个满月脸的蒙古族姑娘装在盘子里分桌送上，一并送来的还有马奶酒。

负责斟酒的姑娘两颊带着自然健康的红晕，用一口不太流利的普通话说：“尊敬的客人，请你喝一杯草原佳酿……”

远兮双手接过酒杯，啜一口马奶酒，蒙古族姑娘笑呵呵地指着她面前的盘子介绍：“这几串用羊尾、羊腰子、牛肝、牛油配上洋葱，先用旺火猛炙，再拿小火慢烤，外焦里嫩，最好吃哩。”

远兮一试，蒙古族姑娘所言不虚。

羊尾外皮微焦，内里喷香酥烂，轻轻一扯，连皮带肉都似要化在嘴里，油香油香，夹在羊尾与羊腰子之间的洋葱被热力烘烤融化的羊油浸润，遭炭火或疾或徐的催逼，烤成诱人的焦褐色，一咬爽脆清甜，与羊肉相辅相成，齿颊留香。

蔡师傅朝远兮微微举杯：“多亏远兮拍摄的教学视频，现在学员们课后能跟着视频练习，大家取得长足进步，还吸引了众多新学员前来报名！来，老头子我敬你一杯！”

远兮忙道：“您客气了。”举起马奶酒杯，回敬蔡师傅。

蔡师傅今晚谈性颇佳：“我今朝实在开心！我们拳房送走一批又一批教练、学员，他们中有人如今在国外设立武馆，开班授徒，谁能想到他当初是小区里的刺儿头，游手好闲的小混混？现在正大力推广武术，市里刚举办了世界武术比赛，里面有个裁判，就是我们拳房以前的教练，我在电视里看到他，不晓得多激动！”

远兮替蔡师傅感到高兴！

从最初小小一间简陋拳房，发展到今天的规模，其间蔡师傅自掏腰包，数次入不敷出，他老人家咬牙坚持下来，殊为不易。

她能为拳房出一分力，是她的荣幸。

可是这顿热闹的蒙古烤肉，远兮吃到中途接了一个电话，提早离席。

电话由严灵打来。

“郁远兮，你人在哪里？”听见背景音中的喧嚣热闹，严灵语气里带上一丝焦急。

“在吃烤肉。”

“你还有心情吃烤肉？！”严灵气急，“你又上热搜了！台里刚刚紧急召开内部通气会，点名批评某些主持人不经台里同意，在外私接活动，无视台规，要严肃处理，以儆效尤……”

远兮闻言，站起身来，向父亲、蔡师傅和一众师兄弟示意去外面接个电话，一弯腰钻出蒙古包。

走出笑语喧阗的蒙古包，马路上的冷意袭来，远兮轻轻打个寒战。

“为什么？”她轻轻问。

“你啊你！”严灵在电话那头顿足，“现在他们摆明车马，就是要把你树立成反面教材，整得你在业界无法立足，你还没看明白？”

主持人在不影响正职前提下，在外接私活，台里一般睁一只眼，闭一只眼，并不追究。

可郁远兮得罪了台长内侄，变相得罪台长，偏偏不向两人伏低做小，在遭到冷藏期间，不但参加综艺节目拍摄，还被路人拍摄视频，几次上了热搜，岂不是教台长一系面上无光？

严灵欲言又止，最终化为一叹：“他们铁了心要整治你，总能找到理由。”

"我知道了，谢谢你告诉我。"远兮轻声道谢。

"你心里有个底，早做打算。"严灵挂断电话。

远兮站在人来人往的街头，有片刻茫然，仿佛抽离了灵魂，只余一具空洞的肉身。

忽然，手机铃声再度响起，唤回她游离的思绪。

远兮看一眼捏在手中的电话，屏幕亮起，"季老师"三个字出现在屏幕上。

想了想，远兮接听电话。

"远兮，你在哪儿？不要慌，我这就去找你。"

"老师，我没事……"

"有事没事，要我说了算。"季江桐霸道总裁附体。

远兮无奈，只得报了一间附近以文艺范儿著名的咖啡馆地址。

"你在那里不要走，我二十分钟内到。"季江桐干脆利落结束通话。

至此远兮的手机便没消停过。

吕承州在社交软件上第一时间私信她：你的事我已听说，不要急，会有转机。

发私信时，大胡子李厚时就坐在他对面，冷笑。

"怎么，他们电视台弃如敝屣的人才，我李某人委以重任，他们倒不乐意了？！"

《成长吧，厨娘》有意上星，正在找各卫星电视台接洽，在此时间，爆出浦江电视台要严肃处理郁远兮，这是打谁的脸呢？

"真当他们姑侄俩能一手遮天？"李厚时胡须髭张，"让小郁卸任助理一职，参加节目拍摄，我那尊铜镏金老子坐像都输给文森特了，我能让这群小肚鸡肠的货色坏了我的好事？！"

"你别好心帮倒忙。"吕承州提醒大胡子。

现在地方电视台被网络电视台分走不少广告收入，两方竞争，郁远兮夹在中间，恰好撞在枪口上。

“行！我不出面，你给小郁找个懂行的送去，让她知道自己不是孤军奋战。”大胡子举起双手，表示退让。

吕承州自去安排。

远兮的手机接连不断地响了一会儿，终究归于安静。

季江桐恰在这时推门而入。

她大概是急着赶来，一件橄榄绿色开司米大衣胡乱搭了条茄紫色围巾，底下一条烟灰色运动裤，配一双驼色毛茸茸乐福鞋，看起来十分居家。

她挟裹着寒气而来，坐在远兮对面。

“等久了吧？”

远兮摇摇头：“接了不少电话。”

“他们把事情做得这么绝，是我始料未及的。”季江桐开门见山，“连累你了。”

人走茶凉，连前人留下的业务骨干都容不得，不奇怪，但搞得这么难看，到底罕见。

“你自己有什么打算？”她问远兮。

“我的合同明年九月到期，本以为休完年假，台里总会有安排，看来是我一厢情愿了。”远兮耸肩，“我自认没做错什么，也无意担此恶名，更不需要被他们‘严肃处理’，明天我就递交辞呈。”

季江桐一叹。

远兮是她一手挖掘、悉心栽培出来的，就这样黯然辞职，终非她所愿。

“也好。”季江桐赞成爱徒的决定。

与其留在没有容人之量、爱才之心的老板手下，不如从故步自封、死板僵硬的体系里彻底走出来，去到更包容、前景更广阔的平台。

“谢谢你，老师！”远兮将手边余温犹在的咖啡一饮而尽。

今晚，注定是一个不眠之夜。

第二十三章

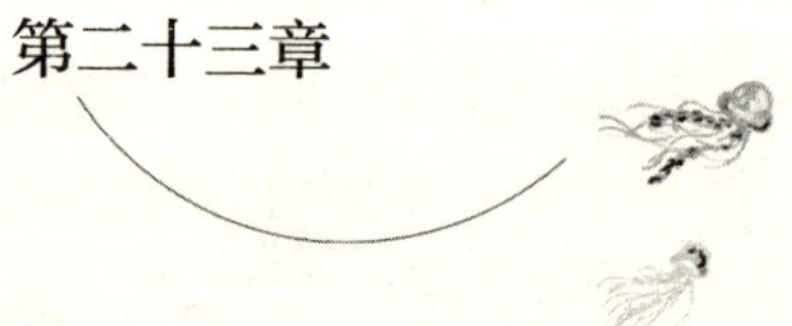

门卫拦下正驶进浦江广播电视台大厦机动车入口的摩托车。

穿黑色机车夹克的骑手推高安全头盔目镜：“小庄师傅，好久不见。”

值班门卫有刹那错愕：“郁老师？好久不见！您换车了？一眼没认出来。”

岂止车换了？仿佛连人也一同换了芯子似的。

以前上下班、进出采访的郁远兮，待人彬彬有礼、温文客气，不过分热络，又不令人觉得难以接近。可眼前这个郁远兮，一副机车党打扮，隔着头盔目镜，那股蓄势待发的压迫感都教人无法忽视。

门卫遥控升起道闸杆，放行。

远兮的摩托车驶入地下停车库，寻个不影响其他车辆进出的边角一停，取出置物箱里的机师包，往背上一甩，脱下头盔夹在臂弯里，上电梯，直奔人事办公室。

人事办公室，处于整个广播电视台边缘管理状态，日常十分冷清。

有编制的员工在体制内混资历等退休，没编制的台聘、组聘人员，要么期待转正，要么另谋高就，真正能在电视台这个江湖中风生水起的人，都非等闲之辈。

远兮叩门。

人事办公室主任正捧着手机刷社交软件，听见叩门声放下手机，说声“请进”，待抬头看见推门而入的远兮，人到中年，一副慈眉善目模样的人事主任，用微笑压下内心的诧异。

“稀客，稀客啊！小郁怎么到我这冷衙门来了？”她站起身，让座，周到地问，“喝不喝茶？我儿子去斯里兰卡旅游，带回来的锡兰红茶。”

远兮没有拒绝：“谢谢！”

她还记得刚进电视台那会儿，通过试用期，是季老师带她至人事办公室签合同。当时人事主任的儿子还在读大学，她一边将合同递给她过目，一边与季老师闲聊，表情有些愁苦：“唉，选了个极其冷门的边缘学科，音乐文学专业，将来也不晓得就业前景如何。”

如今她提起儿子来，眉眼带笑，想必前途似锦。

远兮喝过人事主任沏的袋泡红茶，寒暄几句，从机师包侧袋中抽出崭新信封，双手递上：“刘老师，这是我的辞呈，感谢台里这些年对我的帮助和培养。”

人事主任没接辞呈：“小郁啊——”

她微微拖长声音：“辞呈要提前一个月递交，现在这个当口，你就算辞职，也要在一个月之后生效。这一个月里，有人要拿你做什么文章，也都做成了。”

远兮不言，她考虑到了最坏的结果。

人事主任见她坚持，轻叹。

“你们年轻人，就是沉不住气。你呢，也豁不出一张脸皮去领导跟前服软撒娇。”她站起身，走到门边，往外左右张了张，随后关上门，走到远兮面前，坐在办公桌沿上，“你的辞呈，我收下了。你赶紧回去，找内行把与台里签的合同仔仔细细地过一遍，找找里头的漏洞，说不定到最后能客客气气好聚好散。”

她伸手拍拍远兮肩膀：“不要万事自己咬牙死扛，亲友师长，是用来干吗的？该撒娇撒娇，该诉苦诉苦，会哭的孩子有奶吃，晓得哦？”

远兮眨眨眼：“谢谢您，刘老师！”

“有什么可谢的？还呆愣愣做什么？赶紧去忙正事！”

人事主任挥手赶远兮走，目送她的背影消失在门口，看一眼放在她办公桌上的辞呈，她喟然长叹。

这番话，她大可不必说，但到底还是忍不住。

新上任的这位台长，用人唯亲，拉帮结派，排斥异己，将好好的电视台搞成他的一言堂，人事任免，如今全凭他一句话，弄得台里除了他的嫡系，人人自危，连她这楼冷冷清清的地方都能感受那种人心浮动的不安。

她倒是希望郁远兮有勇气同新台长之间正面硬碰一场，起码让他明白，电视台不是他一个人的私产，而是所有人共同为之努力奋斗的地方。

远兮走出人事办公室，放慢脚步，不似来时。

上午的阳光透过落地玻璃幕墙，落在悠长的走廊上，细碎的浮尘游离在空气中，像极了金色的沙。

远兮想，她曾在这座大厦不同楼层这样的走廊里，来回走过多少次？遇见过多少人？赶去开过多少选题会？

她记不得了。

可她记得那些熬夜开选题会时一起点外卖吃夜宵的时光，记得那些收视率排行出来以后举组庆祝的时刻，记得捧起金话筒奖兴奋得想拥抱每一个人的瞬间……

那些在她身后偷觑的目光，背地里的窃窃私语，都不重要了。

搭电梯直下地下车库，骑上她哑光炭黑的摩托车，戴上头盔，远兮头也不回地驶离广播电视大厦。

还有很多事等着她去做。

远兮受电视台申饬的事，许凌昀是几天后辗转自小白口中得知。

“你怎么知道？”他听到小白向董晴说浦江电视台领导简直瞎胡搞，非要把好好的主持人逼上梁山，落草为寇。

小白晃晃手机，邀功：“我潜入了节目组的工作群。”

许凌昀一时竟不知道说什么好。

董晴替小白解释：“拍摄期间，有时工作人员忙得脚不点地，没空到食堂吃饭，偶尔在群里麻烦小白帮他们打了饭送过去。”

小白点头：“楼导在群里说，因为参加节目拍摄，被路人拍照、拍视频上了热搜，郁姐姐被电视台内部批评了，事情闹得沸沸扬扬。”

“你不是好几天没往市区送货了？”董晴看一眼许凌昀，问。

“晚市结束我再去。”

“得了，快去吧！”董晴一拍他肩膀。

许凌昀将新鲜瓜果蔬菜装进小保鲜柜，开着半旧皮卡车进城送货。

远兮家小区门卫已经认得他的皮卡，电子识别车牌，升起道闸杆的同时，一边自门卫室里探出半个头："又来送货啊？"

许凌昀笑着点点头，伸手递过去一盒黑番茄："请你尝尝鲜。"

"那怎么好意思？"门卫笑着，推让了一下，见他坚持，顺势收下。

皮卡驶入小区，许凌昀把车停在远兮家楼下，从保鲜柜里取出果蔬，站在楼下，正打算按门铃，他身后走过来一个老阿姨，用钥匙刷开底楼大门。

许凌昀跟在老阿姨身后走进门厅。

管阿姨按亮电梯上行键的同时，不忘警惕地上下打量陌生人。

"以前没见过你，新搬来的？"管阿姨自言自语，"勿对！这幢楼最近没有新住户。"

"我来送东西而已。"许凌昀替管阿姨解惑。

"几楼？几〇几室？"管阿姨追问，不住往他拎着的保鲜袋里张望。

"七楼。"许凌昀好脾气地回。

七楼？管阿姨一撇嘴。

电梯停在七楼，原本要上八楼的管阿姨随许凌昀一道走出电梯，眼看他按响七〇二室的门铃，没多久防盗门打开，郁远兮看见拎着大包小包出现在门口的许凌昀，微微一愣。

"小郁啊，这个人是要到你家里送货？"管阿姨扬声向远兮确认。

远兮越过许凌昀的肩膀，望见警觉性极强的管阿姨，失笑："是。"

随后侧身，让许凌昀进门，在管阿姨探照灯似的目光注视下，轻轻合上门。

留管阿姨在电梯门口，喃喃自语："青天白日的，就把男孩子往家里领……"

门内的远兮并不在意管阿姨对她的看法，只是很高兴见到许凌昀。

“今天怎么有空？”

他举一举手中的大小保鲜袋：“正好进市区送货，给你送些水果蔬菜。”

他拉开保鲜袋封口，展示里头的果蔬给远兮看：“新摘的抱子甘蓝，可以在冰箱里放几天而不坏，对半切开水焯一焯，与培根同炒，或者用油醋汁拌沙拉都很好吃。小黑番茄，不用放冰箱，这个季节连枝带叶室温保存三五天没问题，当水果直接吃……”

远兮笑眯眯听他介绍带来的水果蔬菜，心下格外宁定。

“下午还有没有事？不急的话，留下来吃晚饭吧。”等他说完，远兮问。

“没有。”许凌昀想都不想。

远兮进厨房取出一篮小土豆，坐下来削皮：“孜然小土豆吃不吃？”

许凌昀想说一句“你做的我都爱吃”，终究觉得太过孟浪，只点点头：“你……没事吧？”

远兮削土豆的手一顿，随即意识到他所问为何：“网络播出平台有位前辈师兄，找了他们的法务替我参详，说那份合同多少年都用一个模板，一点也未与时俱进，漏洞不少。”

许凌昀略微安心，看来不用再去找万律师帮忙。

“还有没有削皮刀？我帮你。”

远兮把自己手里的福腾宝水果刀递给他，起身又去厨房拿一把多功能果蔬刨出来。

两人对坐，一边削土豆，一边闲聊。

“骤然闲下来，头两天倒还觉得轻松，没几天便百无聊赖，想找些事做打发时间。”远兮指指面前的小土豆，“买了不少美食书籍，按其上介绍，打算将不太复杂的菜式都试验一遍。你今天正撞上孜然小土豆！”

“很高兴能成为你的试菜员。”许凌昀一点也不介意当小白鼠。

两人一个说新种的苗木应该能够顺利成活，一个说与乔笑绵、骆佳馨约好到卞若珍姐妹开的无声餐厅去帮忙，彼此都为对方感到高兴。

郁侑庭、陶穆夫妻俩一前一后进门，正看见这两个孩子乐呵呵相对而笑的场面，两夫妻彼此交换一个心领神会的眼神。

“小许来啦。”陶穆笑对许凌昀，“一起吃饭。你来得巧，最近两天家里正好由远兮掌厨。”

“开车来的吧？那不能喝酒，我记得家里有一饼十年陈的普洱，我们边喝茶，边手谈一局。”郁侑庭放下手里的包，走到许凌昀身边，拍拍他肩膀，将他带离饭桌。

陶穆则跟在女儿身后走进厨房。

锅里的小土豆已经煮熟，拿筷子轻轻一戳就戳个对穿，远兮将小土豆倒进滤水盆中沥水，转头去切香葱，烤箱里有香气蔓延开来。

“你都做了什么好菜招呼小许？”

“新学的柠香烤鸡、低温慢煮波士顿龙虾、孜然小土豆，另有一锅珍珠翡翠白玉汤。”远兮弯腰侧头透过烤箱窗口观察烤鸡，“配桂花香米饭。”

“这么丰盛？！”陶穆假做惊讶状。

“三菜一汤的标配，哪里丰盛？”远兮打开燃气灶，热油锅，“我要起油锅了，万一溅到就不好了，您先回避。”

陶穆被女儿赶离厨房，也不恼。

这是自女儿上一次糟心的“恋情”后，头一个出现在她生活中，令她笑，教她放下戒心，接纳他进一步走入她生活的男孩子。

陶穆乐见其成。

晚餐的低温慢煮波士顿龙虾和孜然小土豆非常成功，龙虾肉鲜甜细嫩，小土豆外脆里糯，大受欢迎。

柠香烤鸡鸡腹里的柠檬在烤制中挥发出的香味和油脂使得鸡肉具有独特的鲜香味道，肉质更细嫩，但这种异香异气的东南亚风味并不受二老待见。

“下回在鸡腹里填洋葱、蒜头、葱结。”远兮接受父母意见。

吃罢晚饭，许凌昀主动起身想帮忙收拾饭桌，陶穆往他手里塞两袋垃圾，又将门钥匙抛给女儿：“下楼扔垃圾，过了八点就没的扔了。”

然后将两人往门外一推，“嘭”一声，关门。

远兮被母亲的“强悍”手段愕得难以置信。

我还穿着做饭的小破运动衫啊，妈！她瞪着防盗门，在心里嘶喊。

许凌昀低笑，好听的声音在楼道回响。

被他的笑声感染，远兮也笑了起来：“走楼梯？”

她不想遇见管阿姨。

“好。”许凌昀毫不犹豫。

远兮去接他手里的垃圾袋，被他轻轻避开：“两小袋，不重。”

两人并肩从安全楼梯下楼。

“过了春节，我要去以色列参加一个农机展，你有没有兴趣一起去？跟我们走商务签证，加急六个工作日便可出签。”静悄悄的楼梯井里许凌昀的声音更显低沉浑厚，眼里藏着一丝渴盼。

她明明看起来安然自得，好像并不需要人安慰的样子，偏偏却教他心底生疼。

郁远兮于他，就像是一株劲草，不畏环境严苛，努力开出柔软的花来，令他想将她纳入自己的怀抱，为她挡风遮雨。

“春节以后……”远兮算一算时间，虽然心动不已，但是，“还不清楚节目组后续有什么安排，抱歉。”

失望的情绪不太强烈，许凌昀懂得郁远兮，不是那种全无准备，说走就走的性格。

两人往垃圾站扔完垃圾，慢悠悠往回走。

夜色中的小花园里，饭后广场舞小队已经就位，和着悠悠民乐动作整齐划一地挥手踢脚。

有顽童踩着滑板车自步道上飞驰而过，“嗖”一下从远兮和许凌昀中间强行穿过，速度与力道大得出奇，撞得毫无防备的远兮身体一栽，朝旁倾倒。

许凌昀眼疾手快，一把牵住远兮的手，用力将她拉向自己怀中，避免了她一头栽进旁边蓄着水的景观池的悲剧。

远兮一头扑在许凌昀胸前，鼻尖抵在他颈窝处，手掌贴在他胸膛上。

其实在倒下去的一刹那，她已有自救办法，计算角度，蓄力，能避开水池，但难免要跌一跤。

可他伸手，紧紧抓住了她，将她护在怀里。

热闹与喧嚣仿佛凝固在时间里。

整个世界只剩他与她。

远兮呼吸间全是他身上半旧夹棉绗缝外套带着的一点点青草香，掌下他宽阔的胸膛下沉稳有力的心跳透过衣料传来，他因务农而微微粗糙、生着薄茧的手指用力扣着她的手腕，热力透过皮肤，印在她的脉搏里。

那滑板车男童的家长打后头气喘吁吁跟上来，一边迭声对远兮道歉，一边脚下不停，朝前跑去追赶横冲直撞的熊孩子。

许凌昀慢慢放开远兮，扶着她站直身体。

“可有哪里撞痛？”他问，夜色掩盖了他脸颊上一点点升腾的红晕。

“身手敏捷如我的自尊心算不算？”远兮极力不教他察觉她的怦然心动。

他想伸手抚摸她的脸颊，可碍于刚拿过垃圾袋，只轻笑一声："你的身手在我眼里始终矫健飒爽。"

而且可爱。

短短一段步道终有尽头，许凌昀将远兮送回楼下，抬头看看大厦内透出的万家灯火，再依依不舍，他停下脚步。

"我该回农场去了。"路灯下他目色温柔，"下次见。"

远兮站在门廊台阶上，目送他钻进皮卡驾驶室，发动引擎，缓缓驶开。

"许凌昀！"她忽然叫他。

他从车窗里半探出头来。

"下次有空，一起去拳房吧！"她想带他，去认识她的世界。

"好！"他应得干脆，声音里满是止不住的欢喜。

送走许凌昀，远兮回到家中，父母并没有追问她，陶穆指一指她放在茶几上的手机："你下楼扔垃圾的工夫，阿王家的晟风已经发起过两次视频通话邀请，估计一歇歇还要来。"

陶穆话音刚落，手机屏幕上又跳出视频通话邀请。

远兮拿起手机，接受通话邀请。

何晟风出现在画面当中，身后是纽约中央公园冬季苍莽的树海和清晨透过树梢的阳光。

"远兮，没打扰你吧？"

"没有。"远兮注意到画面边缘一直试图挤到中间但始终未能达成目的的何晟云。

何晟风有些无奈，将镜头转向何晟云。

何晟云用手语与远兮打招呼：远兮！

何晟风重新出现在远兮视线里："我们最近在纽约，陪家父和几位老师参加当代名家画展，消息略有延迟。听朋友说你同电视台之间，有些不愉快？”

“说不愉快是客气的。”远兮并不讳言，“真是好事不出门，坏事传千里，你们远在纽约都已听说。”

何晟风笑一笑：“家父在文化艺术界，有几个能说得上话的朋友，若不嫌弃，请他们从中斡旋，你看如何？”

远兮闻言先是一愣，随即想起王阿姨好似曾经提过，她家老何是无党派人士文艺界代表。

远兮谢过何晟风的好意：“已委托律师全权处理，如果仍不能得以达成，再劳何伯伯相帮。”

遭远兮婉拒，何晟风并不很意外，反倒是何晟云有些不解与委屈。

结束视频通话，他急急问兄长：远兮是不是不喜欢我们？为什么拒绝我们帮助她的提议？

父亲的学生，尤其几个女学生，常围在父亲身边嘘寒问暖，只求能得到父亲一句赞扬、一封推荐信、一个在文艺界畅行无阻的机会。

可他们主动给远兮提供解决问题的捷径，她却婉言谢绝了。

不等何晟风答复，他沮丧地半垂了头：会不会因为我们以前冷待王阿姨，王阿姨对她抱怨过我们？

何晟风拍拍兄弟的肩膀，暗叹，这迟来的少年维特之烦恼啊！

你喜欢远兮？他问弟弟。

何晟云大力点头。

何晟风微笑：那就努力成为一个更优秀的自己，足以让她喜欢你的自己，勇敢去追吧！

又教他：虽然远兮拒绝我们提出的帮助，但你仍可以请老爸托朋友解决她的麻烦，一句话的事而已。做好事并不一定要留名，你帮了她，觉得开心，就够了。

远兮并不晓得远在纽约的何氏兄弟的打算。

她的生活没有受到和电视台之间合同问题的影响，并且在十二月的最后一天，迎来挑战任务的奖励：亚洲第一高楼亚洲之巅透明玻璃米其林一星餐厅用餐。

司机老郑开着节目组提供的豪华商务车先后接乔笑绵、骆佳馨和远兮，一起前往餐厅。

远兮一上车，乔笑绵与骆佳馨便一左一右扑过来，搂住她的手臂，

“半个月不见，远兮姐你有没有想我？”乔笑绵脆声问。

远兮姐白回来一点点。骆佳馨用拇指、食指比一个微小距离。

“你们都好吗？”远兮问两人。

两人齐齐点头。

“我在夜市大排档的生意忽然火爆，每晚都卖到断货。”乔笑绵昂首，“距离我开一家本帮菜馆的梦想，又近一步！”

骆佳馨抿嘴笑。

她兄嫂留在家里照看海产生意，父母在浦江长租一幢别墅，最近留在浦江陪她到处游玩，去最好的饭店用餐取经。这是她从小到大，最开心快活的经历。

老郑将三人送到目的地，下车为她们拉开车门：“祝用餐愉快！”

三人相偕搭乘电梯，直上餐厅。

电梯以一种难以察觉的极速上升，骆佳馨指指耳朵：难受。

重力加速度导致的超重现象，闭嘴鼓腮，可以略微缓解。远兮教她。

骆佳馨依言，一时看起来像只气鼓鼓的河豚。

电梯镜面映出她鼓胀的脸颊，惹得乔笑绵笑意不绝。

等电梯停在餐厅层，骆佳馨一走出电梯，便扑上去挠乔笑绵两肋，远兮跟在两人身后。

餐厅层位于观光层楼下，三百六十度环楼玻璃幕墙，将浦江风

景悉数收入眼底。楼层中庭有一处坐落在大厦里的中式园林，即使已是冬季，仍有绿树依依，奇石嶙峋，流水潺潺，游鱼隐隐。

两个女孩子大觉好奇，携手朝小桥流水的园林而去，不停自拍。

远兮注意到她们即将前往用餐的餐厅门口，设有签到台和本埠一高校年度校友会指示牌。

“什么情况？”两人自拍回来，乔笑绵扒在远兮肩膀上，遥望餐厅门口。

“与大学校友会撞在同一天。”

三人并肩走向餐厅，门口签到处工作人员拦下她们，请他们出示校友会邀请函。

“几位是云上间的客人吧？请随我来。”餐厅领班及时出面，一路将三人引向节目组事先预订的包房，一边解释，“今晚除了云上间，整间餐厅由校友会包场，抱歉给几位带来不便。”

节目组预订的云上间位置视野极佳，正对浦江，能俯瞰浦江两岸迷离景色，亦可以远眺整座流光溢彩的城市。

跟拍导演、摄影师、录音师已先她们一步就位，见三人进门，楼导笑言：“今天就走个过场，拍些素材，不必全程你们吃着，我们拍着。”

“拍完素材，楼导、黄老师、曹哥也一起吃吧。”远兮展开菜单，“我们三个也点不了几个菜，难得有机会到风景这么好的餐厅用餐，不多点几道菜，太不划算。”

楼导自然无有不应。

临来之前，总导演再三强调，预算充足，请她们尽情享受美食美景，万勿显得抠抠搜搜。

“大气，要大气，晓得哦？！”

包房里言笑晏晏，有商有量点菜点酒水，包房外头也逐渐热闹起来。

五人室内乐队演奏保尔·莫利亚清新优雅的乐曲，参加聚餐的校友陆续到场，人们三五成群地聚在桌边交谈。

六点整，主持人登场，宣布校友会聚餐开始，请校友代表致辞。

服务员进包房送毛巾、酒水，包房门短暂开合的工夫，远兮几乎立刻便听出主持人的那道声音。

远兮支颐，抿一口紫得妖异的蓝莓汁，窗外夜色令人目眩神迷，窗内她有片刻神思迢遥。

想不到曾经辉煌一时，重金难请的主持界一哥，如今也放下身段，出来主持校友会这类活动捞金。

不晓得是高校的面子大，还是钱给得足够多？

远兮坏心地想，以“前男友”的为人，想必是后者了。

主持人在台上巧舌如簧，金句频出，惹得众人不时哄笑，笑声几度传来。

“倒有些本事，偌大一个场子，他不但能接得上各类话题，还绝不发生冷场。”楼导站在门口，朝外头望一眼，“赵老师属于稳重博学、不失幽默，他则是博闻强记、活泼俏皮，颇受年轻人欢迎。李老师本来有意请他主持《成长吧，厨娘》，可惜他们主持人经纪管理部狮子大开口，要价太高，只能作罢。”

远兮不知道这中间还曾有这样的曲折，浅叹：“可惜。”

这间餐厅主打江浙融合菜，芙蓉焗蟹斗、上汤蟹粉狮子头、婴儿拳头大的黄桥烧饼，菜色精致，口味清淡鲜美，只是菜量略少，很吊人胃口。

菜一上桌，乔笑绵与骆佳馨先拍为敬，惹来楼导和摄影黄老师一阵笑。

楼导问远兮：“你怎么不拍？”

他甚至很少在社交媒体上看到她发布动态。

“大概认识到自己再努力也没有专业老师拍得好，索性放弃。”

“胡扯。”楼导不信。

远兮笑一笑。

其实是因为工作已长时间面对镜头，所以不想再过度曝光自己的私人生活，开心也好，伤心也罢，宁可一个人慢慢消化。

远兮吃至半饱，起身告罪：“上半场结束，到外面走一圈，回来继续。”

乔笑绵瞪大眼睛：“远兮姐你是不是靠这个方法保持苗条身材？”

远兮留给她一个“你猜”的眼神，推开包房门，穿过起间隔作用的双面绣千里江山图落地屏风形成的夹道，走到餐厅外头。

餐厅里头主持人还在与到场校友互动，活跃现场气氛。

餐厅外，浦江夜色正好，载有巨大广告屏的游船慢悠悠在江面上驶过，留下五光十色的倒影和随在舷尾的几点江鸥。

远兮绕着楼层，漫步踱了一圈。螺旋上升结构的玻璃外墙让人恍若置身水晶城堡，眼前的风景亦幻亦真，她的心情也远没有她以为的那样激荡难抑。

远兮返回餐厅，台上有白发苍苍的校友正在发表毕业四十年感言，靠近屏风的一桌人在喁喁闲聊。

“琦琦不要紧吧？”有女性关心地问。

“没事，只是最近开始孕吐，人多空气混浊，一时有些胸闷。”女声气息虚浮地解释。

“小秦有啦？曲总，恭喜！恭喜！您如今双喜临门，未来公司上市，可不要忘了老同学啊！”有人谄声道喜。

“上市还早，还早！”男声自谦，可掩不住声音里的得意。

“凌昀怎么不说话？这一桌都是老朋友，只有你还是这些年来第一次参加校友会，跟大家说说，近况如何？”有人哪壶不开提哪壶。

“老蒯，喝多了啊！来来来，喝一杯酸奶醒醒酒。”自然也有人打圆场。

“劳蒯师兄惦记，近年来在城郊务农，一切都好。”许凌昀好听的男中音，穿过人声鼎沸的餐厅大堂，传入远兮耳中。

远兮循声望去，他背朝门口，坐在那一桌下首，上首是与她曾有一面之缘的曲鸿程夫妇。

人生真是何处不相逢，远兮心中感慨。

她一步步走向那一桌，耳听得众人七嘴八舌：

“务农？务农好啊！民以食为天嘛！”

“你都种点什么？销路如何？需不需要老同学帮你介绍生意？”

“蒯师兄误会了，凌昀经营农场，生意不错，最近还有综艺节目进驻拍摄。”秦恩琦温声替许凌昀解释，“是区里的智能现代生态农业示范项目。”

“哟！想不到许凌昀你真人不露相啊！”蒯师兄态度转变只在一瞬间，“你那农场叫什么名字，在哪里？改天我也去见识一下。”

“他那农场叫行耘农场，行到水穷处，竭力事耘耔。”一直从中打圆场的齐国明笑言，“凌昀骨子里既浪漫，又务实。”

“哈哈哈，也算是学以致用了。”校友们对曲、许二人由共同创业而黯然拆伙的事略有耳闻，个中曲直众说纷纭，蒯师兄也不清楚谁是谁非，只好打个哈哈。

“大许。”一直做大度状的曲鸿程终究心有芥蒂，举起茶杯，掩饰自己晦暗不明的眼神，“看到你如今拥有自己的事业，替你高兴。今天我以茶代酒，我们干一杯。”

远兮在他话音落地时走到许凌昀身后，朝坐在上首假做大方的曲鸿程和身娇气弱的秦恩琦微微颔首，随后半垂了头，问：“农夫，饭吃得差不多了吧？”

许凌昀蓦然回首。

远兮带着一丝灵黠调皮的笑眼近在面前。

“差不多了。”他推开椅子，站起身来。

“那我们走吧。”远兮向他伸出手。

“好。”许凌昀握住她纤长干净的手。

“抱歉要从席上借走这个农夫，大家慢用。”远兮笑容加深，反身向外。

谁要假惺惺以茶代酒一笑泯恩仇？！

许凌昀由着她拉着他向外走。

她就像这冗长的、以炫耀各自成就为要务的校友餐会上，突如其来的一缕清风，将他自沉闷无聊中解救，这一刻，天涯海角，他也愿意随她去。

“凌……”秦恩琦望着他头也不回的背影，轻咬嘴唇，咽下脱口而出的呼唤，也咽下被他漠然以对的哀怨。

那个虽然总是忙于研发，常常不能陪伴她左右，但一直记得给她送花，关心她冷暖，因为她不喜欢香烟味便把爱抽烟的朋友赶到室外去的许凌昀，那个她以为对她念念不忘、消沉失意的许凌昀，她终于失去了他。

倒是整晚懊悔自己小看了接受过高等教育的文化人走出象牙塔后捧高踩低起来更教人齿冷的齐国明拊掌而笑：“你们看！伊像不像脚踩祥云、身披铠甲的盖世英雄？”

救走了陷于窘境的许凌昀。

“那不是……”蒯师兄醉眼蒙眬，伸手指着两人背影，“那不是那个郁……”

齐国明按下蒯师兄抖得不成样子的手：“没错，是她。”

蒯师兄大抵是真醉得厉害，胳膊往齐国明肩头一挂：“厉害还是许凌昀厉害，大学里同校花谈恋爱，创业失败跑去务农，又找个主持人当女朋友！”

秦恩琦忽然侧头掩嘴干呕，猛然起身离席。

曲鸿程恼羞成怒瞪蒯师兄一眼，追了上去。

“老蒯再喝点酸奶！”齐国明气笑了，真是吃都堵不住他的嘴。

前头远兮与许凌昀走出餐厅，一抬眼，正撞见松了领带在餐厅门外喝矿泉水，趁中场工夫到外头喘一口气的校友会主持人。

两人目光相对。

远兮真想用主播腔来一句：哦！这该死的命运！

但不知为何，刚亲历过许凌昀与前任之间的修罗场，她此刻竟意外平静，甚至有些想笑。

主持人眼神错愕，喉结滚动，欲言又止。

远兮对他致以礼貌微笑，拉着许凌昀继续走向电梯，同时问：“怕不怕痛？”

许凌昀紧一紧手上力道，福至心灵：“有你在，就不怕。”

远兮不意他忽然冒出一句土味表白，先是一愣，旋即露出灿烂笑容：“不要后悔哦。”

他落后她半步，只管望着她，纵容地微笑。

电梯门在他们身后合拢，也将男女的隐隐争吵声隔绝在两个人的世界之外。

“你还是忘不了他？”曲鸿程拽住妻子的手腕。

“我只是累了而已。”秦恩琦从他掌握中抽回自己的手，语气淡漠。

“他同我们早已不是一路人。”曲鸿程面色不善，“你都要给我生第二个孩子了，你当许凌昀还会对你旧情难忘？”

“曲鸿程，你不要把每个人都想得像你那么卑鄙龌龊！”秦恩琦看着他因人多热闹出了汗而显得油腻的脸庞，还有身材管理不当而发福的啤酒肚，一时想不起，当年体贴周到殷勤的曲鸿程，究竟是怎样消失在岁月里的？

“我卑鄙龌龊？”曲鸿程笑起来，压低声音，趋近秦恩琦，在她耳边低语，“不要忘记，当年是你背叛了他，窃取他的研究成果给我……”

秦恩琦闭一闭眼睛。

是，彼时她年轻虚荣，以为花言巧语的温柔才是真爱。

她睁开眼，挺直脊背，返回餐厅。

曲鸿程看着她返回餐厅，取出手机，拨通。

“我记得公司明天中午聚餐，地点选在一个农场，是哪家农场？”他神色阴冷，“明天中午十二点，打电话取消预订……我不在乎那点订金！你照我说的做就行！对，明天中午十二点！随便你想什么办法，明天另外找一个场地，价钱无所谓……你在公司群里通知吧。”

结束通话，曲鸿程眼底泛起扭曲的快意。

第二十四章

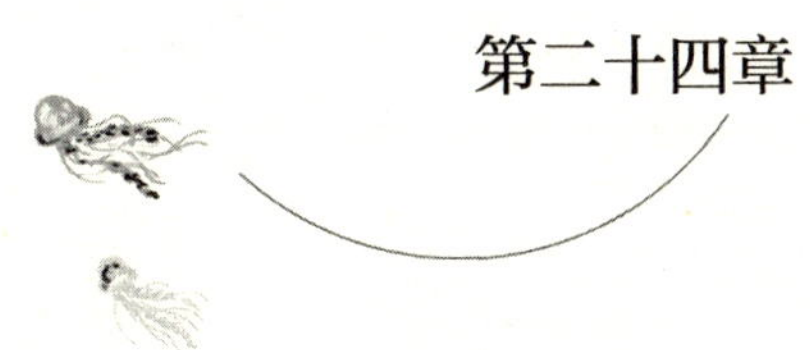

许凌昀早上到农场，一路带笑，脚下生风。

小白在前台打着哈欠，看他推门进来，忙站直身体做精神抖擞状。

“许大哥，早！”

“早！”他朝小白挥挥手，往办公室走去。

小白纳罕地对正在打扫大堂卫生的阿姨说：“许大哥今天走路的样子，怎么有点怪怪的？轻飘飘、软绵绵的，好像踩在棉花上。”

扫地阿姨哪儿会注意老板走进来是雄赳赳气昂昂，还是轻飘飘软绵绵？

“你说什么？”

小白摆手：“你不懂！”

她抚摸下巴，深觉寂寞。

被小白和扫地阿姨议论的许凌昀在办公室里换衣服，伸手穿袖子牵动酸痛的肩背肌肉，忍不住"咝"一声。

昨晚从校友聚会出来，远兮带他到她家附近拳房，运动消食。

拳房里一众身强力健的师兄师弟，争相要与他切磋一番，幸亏他这些年在乡间务农，练就一身还算结实的肌肉，经得起摔打，且有远兮在一旁指点他，怎样闪避，如何放松，否则他只怕实打实一条老命交代在拳房。

饶是如此，也摔得他腰酸背痛。

等练完拳出来，拳房里远兮的师兄弟们已将他引为知己，其中尤以小祁最为热情，大掌把他的后背拍得山响。

"能经受得住我们的轮番摔打，许大哥这身坯可以的！"小祁调侃，"以后常来找我们'玩'啊！"

还是远兮出面救他于水深火热："你们意思意思就够了，他明天还要工作。"

"小师姐心疼了！"拳房里的壮汉们"嗷"一声怪叫，在远兮挑眉挽袖管作势要修理他们前，哄笑四散。

他伴着她向外走，她说起她的童年。

"我童年的寒暑假，大部分时间泡在拳房里，蔡师傅监督我们一群小的完成假期作业，余下的时间就是站桩扎马练拳，盯着挑食的小孩把满满一碗连菜带肉的青椒肉丝盖浇饭全都吃下去，一丁点都不许剩。"远兮眉眼带笑，语气充满怀念，"吃过午饭就在拳房当间铺几张大席子，通通赶上去午睡。不睡？不睡的人就起来再做几张卷子！那时还没装空调，就拳房四角各有一台大电风扇，嗡嗡嗡摇着头，孩子们一上午又做作业又打拳，累个半死，几乎人人倒头就睡。"

"你有一个幸福快乐的童年。"相比远兮，他的童年乏善可陈，父母上班，他脖子上挂着钥匙，自觉做完作业，可以出门找邻居小朋友玩耍，无非是下军棋或者打红白机。

邻居家有点海外关系，家里有台红白机，左邻右舍年龄相当的孩子都爱到他家玩，排着队打游戏。为了能多玩一局而争相讨好他，给他带漫画书、小零食。

他常常等好久也轮不到一局。

远兮简直可以想象那时的场景。

“我们拳房里有个总拖着两管鼻涕的小邋遢，他有一个从美国带回来的掌上游戏机，最受假期班大小萝卜头欢迎，效果堪比今天大人聚餐，扔给孩子一个平板电脑，哗！”远兮说着朗笑起来，“不过我们不用讨好他，谁的拳头硬、力气大，谁先玩。”

许凌昀想一想那小邋遢的心情，笑得双肩颤抖。

“他们不让让你？”

“拳房里虽然男孩多，女孩少，但我们以实力说话。”远兮颇自豪，“不必他们谦让。”

“不过……”她承认，“在速度力量技巧占绝对优势的师兄面前，我也是甘拜下风的。”

许凌昀只觉得她大方承认自己技不如人的样子，可爱到让他忍不住伸手摸摸她头顶。

许凌昀艰难地穿上农舍餐厅制服，勉力不教自己龇牙咧嘴，扣上所有纽扣，直奔后厨。

为中午这十五桌公司聚餐，整个农舍餐厅从凌晨便全员调动起来。

猪圈里经检疫合格的二十头黑毛乳猪褪毛宰杀去内脏排酸，清早送至后厨进行腌制，鱼塘里现捕上来活蹦乱跳的鳙鱼和霸道横行的塘蟹，食堂里的阿姨们都被抽调来现拆蟹粉。

光头总厨手持原料清单，站在后厨开阔地带，高声核对：

“乳猪二十头……童子鸡二十只……塘蟹两百对……”

厨房里众人忙得团团转。

许凌昀走进后厨，正看见这忙碌场景。

光头总厨眼角余光瞥见他进门，忙高声招呼他：“老板，你来得正好！看看这龙虾！”

许凌昀走到总厨身边，与他一道俯身去看盛送龙虾的水槽。

总厨撸胳膊挽袖子从水槽里抓起一只龙虾，徒手掂了掂：“这批龙虾分量不对！”

说罢信手将龙虾往旁边案秤上一放，显示四百四十七克。

“拿最次的Chix冒充Quarters（Chix、Quarters是龙虾的不同档次，Chix为1磅左右，Quarter级为1.25磅左右），这是当我们乡村小馆子不懂行情啊。”总厨冷哼，脚底在地面“啪啪”打拍子，“老板你看怎么办？”

“称重、拍视频存证，东西退回去，来回运输途中的损失由他们自行承担。”许凌昀当机立断。

“那这道焗波士顿龙虾……”总厨征求他的意见。

“我想办法另外调一批货，可能要晚一些，开席以后焗波龙往后移一移。”

八点，从食堂被调过来负责做淮扬菜的陆师傅准时走进农舍厨房，进门便一脸神秘问：“大家猜猜，谁来了？”

说罢往旁边一让，面孔雪白，大眼睛小翘鼻，两根粗辫子的乔笑绵在他身后露出笑脸：“大家好！我来给你们打下手！”

“笑笑来了！快来搭把手！”食堂阿姨热烈欢迎她。

“我也来帮厨。”远兮慢乔笑绵几秒，走入厨房。

许凌昀不意昨夜一别，这么快又见到远兮，心里升起一串喜悦的气泡。

他快步走到远兮身边：“你……你们怎么来了？”

“按原定计划来帮忙。”远兮朝他眨眨眼。

“不是已取消了……吗？”许凌昀有片刻愣怔，“昨天怎么不同我说？”

原本节目组的确计划在元旦这天做分组挑战拍摄，然而由于作为制片人助理的远兮中途变更身份参赛，原本确定的赛程和主题悉数更改，元旦分组挑战赛亦已取消。

想不到她仍如期来了。

“给你个惊喜。”远兮环望厨房，磊落直言，“顺便偷师。”

大厨房百忙之中的时间管理，处理菜品的先后顺序，对不同食材的火候掌控……每一项都是长年累月实践操作得来的经验，外行很难窥其凤毛麟角。

“欢迎之至！”许凌昀眼底有掩不住的开心。

她不遮遮掩掩，教他甘之如饴。

厨房上下心照不宣，光头总厨留给远兮一大盆绿豆芽，自己给乳猪抹秘制腌料去了。

绿豆芽整整齐齐码在一只大到可以当澡盆的木盆里，视觉冲击效果非常，要将之择完，感觉是一项浩大艰巨的任务。

远兮当下“哗”一声，感叹后厨人生不易：“这么大一盆！”

她掇过一张条凳，坐在木盆边上，起手从盆里抓一把绿豆芽在手里。

新发好的绿豆芽水灵白嫩爽脆，根须细长，轻轻一掐便应声折断。

“我跟你一起择。”许凌昀坐到远兮身侧，同她组成择豆芽小分队。

“绿豆芽掐头去尾。”他的头凑近她的，低声传授经验，“尽量长短一致，遇到中间折断、长短不一的可以挑出来放在一边。这样做出来的三丝银芽色面更漂亮。”

“这些被挑拣出来的绿豆芽怎么处理？”远兮恍然大悟，难怪餐厅里鸡丝银芽一类菜品卖相格外清爽。

“我们农舍尽量做到不浪费，挑拣下来的食材一般都会送到食堂。”许凌昀一点也不介意向远兮揭示农场农舍是怎样运作的，“像这些绿豆芽，可能会变成一道银芽肉丝春卷，蟹粉拆烩鱼头余下的鱼身则可以做蜜汁熏鱼或者糟溜鱼片，除了供应农场员工食堂，也会送往镇上孤寡老人家。”

他说得平淡，远兮却从这份平淡背后，领悟到太多他未曾宣诸于口的努力。

乔笑绵手执蟹粉拆了一半的大闸蟹，望着不远处许凌昀与远兮凑在一处的背影，眨眨眼，又来回看看厨房中忙碌得无暇他顾的众人，像发现新大陆一样微微张大了嘴。

他们俩——

食堂胖阿姨拿手腕轻轻压住她的手，另一只拿着竹签的手悄悄竖在口鼻前：莫声张。

乔笑绵恍然大悟，低声嘀咕：“你们老早晓得了？”

胖阿姨、瘦阿姨彼此相视一笑：“什么也瞒不过我们一双眼。”

在农场食堂帮工四年，几曾见过老板如此关心异性？

前台小白的爱慕明晃晃写在脸上，恨不得在老板身上贴一张“许大哥是我的”纸条，老板都目不斜视。

员工私下里传说老板在租下农场务农之前，受过情伤，承包闲置农田无非是想离群索居，躲开城里的旧人旧事。

等他把萧条冷落的农场办得红红火火，远近有名，多少镇上镇外的适龄女青年对他虎视眈眈，有心要当此间的老板娘，老板都用他一副生人勿近的冷脸拒人于千里之外。

可他对郁助理，从来十足耐心，有求必应，大家还有什么看不明白的？

“倒是你，怎么会同郁助理一起来？”白胖阿姨不解，平时看起来多机灵的小囡，忽然跑来做电灯泡。

乔笑绵老实承认："我错了！"

昨晚远兮没同他们打招呼提前离席，她享受过米其林大餐后出来，在社交平台上传九张亚洲第一高楼内外风景照，又私信远兮，问她为什么提早离席，后头还有红酒煨鹅肝、银鳕鱼和朗姆酒炖苹果等好几道菜。

远兮回复她，元旦当天打算早起到农场帮厨，所以先行一步，不想因她一人的作息打扰他们用餐的兴致。

她不晓得是红酒煨鹅肝和朗姆酒炖苹果吃多了，酒精上头，还是一时头脑发热，吵着也要来农舍打下手。

乔笑绵手捧大闸蟹求饶："我不是成心的呀！"

两个阿姨啐她："要是成心的还了得？！"

打趣归打趣，大家手上不停，两大蒸笼螃蟹，在笑谈之间拆完一笼；清水煮得骨肉分离又保持完整的鱼头一一自锅中小心翼翼地取出，拆除骨头，盛进氽烫过的菜心垫底的砂煲待用；黑毛小乳猪腌制完毕，移至烤坑内，泥封开烤……一切既忙碌，又井然有序。

董晴走进后厨时，光头总厨刚接到紧急调货过来的两水槽波士顿龙虾，正在一一过磅称重。

许凌昀从远兮旁边起身，走向总厨，关心调来的龙虾品质。

光头总厨抓起一只龙虾，在虾腹轻戳，虾尾立刻向内卷起，放进案秤托盘内，稳稳的五百一十克，他满意地朝许凌昀竖起大拇指。

许凌昀略觉安慰。

一抬头，便看到董晴面沉似水绕过大厨房正中的备餐区，往卸货口来。

许凌昀心里"咯噔"一下。

自董晴应聘到他公司担任秘书一职，到他落魄潦倒，变卖家产替父还债、还清上游供货商欠款，到一手把农场经营起来，她见过他最艰难困苦的那段日子，已经很难有什么事情会令她露出如此凝重的表情。

“老板。”董晴声音克制。

“你忙你的。”光头总厨头也不回，挥手赶人。

“我们到那边说。”许凌昀指指储藏区。

两人一前一后走进储藏区，董晴竭力隐忍的怒意这才露出一点苗头。

“我刚接到电话，预订的元旦聚餐取消了。”董晴气得手微微颤抖，“我昨天还特地打电话给订餐的魏先生，同他最后确认一遍就餐人数、菜单等一应事宜，当时他还答应得好好的……”

许凌昀把她按坐在装蔬菜的木板箱上：“慢慢说，别急。”

“他刚才打电话说，不晓得老板抽哪门子疯，宁可订金不要，也非得换场地举办元旦聚餐，他也没办法。”董晴红了眼眶，“我问他为什么昨天不说，我们投入了多大的人力物力？！整整十五桌席面，进的都是最好的食材，从早晨五点开始忙到现在，他们说取消就取消！根本就是恶意戏弄人！”

董晴压着嗓子，不教自己失去理智：“他不知道是有心讲给我听，还是说走嘴，说他们老板昨天格外强调，让他中午十二点再取消预订，他给人打工，哪儿能左右老板的想法？只不过他心里过意不去，才提前两个小时打电话给我。”

许凌昀心中隐隐有了猜测。

“呸！”董晴气得厉害，不顾形象，“他要是过意不去，为什么昨天晚上不联系我们？！”

“可晓得是哪家公司？”许凌昀问。

“我问过姓魏的了，是……”董晴觑一眼老板脸色，“是我不好，没事先了解清楚……”

“是哪家公司？”许凌昀再次问。

“是鸿恩生物制药。”董晴一咬牙。

姓魏的说替公司预订聚餐，席开十五桌，还支付了百分之十的订金，她便没进一步探问是哪家公司，导致今日的窘境。

“鸿恩生物制药呵……”

许凌昀想，世界真小！

“现在怎么办？”董晴气苦，“曲鸿程欺人太甚！”

元旦他们行耘食舍生意一向颇好，今次为接待这个大单，餐厅推拒了不少散客，结果却碰见曲鸿程这王八蛋！

许凌昀沉吟。

“我有办法。”远兮的声音在他们身后响起。

远兮并非有意要听壁角，只是恰好择完绿豆芽，向大厨领了新任务，进储藏区准备搬一筐新鲜芦笋出去，来得不巧，刚好听见董晴压低声音说中午的预订被取消，那家公司的老板不是别人，正是许凌昀前好友兼创业伙伴曲鸿程。

曲鸿程其人，远兮从仅有的两面之缘，也能感觉到并不是一个磊落君子，做出这种损人不利己的事，倒很符合他留给她的印象。

“什么办法？”许凌昀心中已有打算，但他愿意听取远兮意见。

“我记得镇上消防中队离农场不远，我们可以送两席到消防中队，慰问节日里还坚守在岗位上的消防员们。”远兮斟酌道，“个人意见，供你参考。”

面对农舍今天的窘况，她脑海里第一反应就是不能让农舍上下一清早辛苦到现在的努力付出被人糟蹋浪费。

她曾经在基层慰问演出中担当主持人，直观感受过消防指战员日常的辛苦训练和出警时所面对的危险，用一顿丰盛的午餐犒劳在危险面前负重前行的指战员们，一举两得。

“英雄所见略同。”许凌昀脸上，露出雨过天晴一般朗然的微笑，“谢谢你，远兮。”

谢谢她在这样事出突然的关头，没有看他笑话，置身事外，反而站出来替他出谋划策。

一旁董晴闻言眼睛一亮：“还可以送两席到老人院！”

镇上的老人院住着不少子女在市区工作的空巢老人，有些老人节假日会由亲人接回家去团聚，但仍有一部分老人无处可去，只能留在老人院里度过本应合家团聚的节日。

他们送两席过去，也好教老人们聚在一起，热闹热闹。

董晴自木板箱上跳起来：“我这就去联系消防中队和老人院！”

素来稳重的她风一样刮出去。

“这也只解决了四桌，还有十一桌。”远兮问许凌昀，“你有什么后续方案？”

对方已支付订金，农舍的损失不会太惨重，但仍不免造成巨大浪费，这才是最叫人心痛气愤的原因。

“我……”许凌昀不是公关能手，否则当年也不会被曲鸿程逼得节节败退，他唯一能做的，就是教自己不要慌，全力应对。

“还有一个办法，可以将损失降至最低。”远兮直言不讳。

“愿闻其详。”许凌昀一点也不介意自己在远兮跟前显得没那么高大威武聪明过人。

“在故潮上用农场官方账号把今天的事大致说明一下，然后抽取十位人在浦江，并且能在十一点开席时赶至农场的粉丝，请他们吃一顿五星级酒店米其林餐厅水准的大餐，并附上你和总厨那天试菜时所拍摄的照片。”

远兮有些坏心地想，只消把声势做大，替农场赚足面子，不必指名道姓，也能把曲某人气个倒仰。

“再麻烦一两个名人转发追加抽奖人数，余下十一桌也不成问题。”

远兮在大胡子“压榨”下研究过几天公关、宣发手段，有时处理得当，危机也是契机。

许凌昀笑着应允：“好，听你的。不过我们只请九桌。”

留两桌给忙活大半天的农舍上下员工。

九点十五分，行耘农场认证过的官方账号，在社交平台故潮发布一组九宫格，每一张都是精致诱人菜肴，并附文说明，原定于行耘食舍举办元旦聚餐的公司临时取消预订，导致餐厅精心准备的佳肴面临浪费窘境，因而餐厅决定从能在十一点开席时前来用餐的留言粉丝中抽取十人，请他们享受一顿江浙本帮融合的美味佳肴。

农场官方账号并没有专人负责管理，日常只发些农作物一年四季生长收获的图片和餐厅更新菜单的照片，一直粉丝寥寥。前段时间经《成长吧，厨娘》节目组先导预告片宣传，粉丝有所增长。

此时此刻抽奖动态一经发布，立刻引来不少新老粉丝转发留言：

“抽我！抽我！今天正好在镇上，半小时可以到达战场！”

“看这里！爱吃会吃能吃小胖墩！可以从市区打的奔赴餐桌！”

“都别和我抢！我一个人就能承包一桌！”

“老板，抽中我一人，可以全家赴宴吗？”

“楼上太狡猾！老板，我只带女朋友，您抽我呗！”

粉丝们热情无比。

几分钟后，《成长吧，厨娘》官方账号转发这条动态，并表示在本节目粉丝当中，抽取符合原文要求的十人，请他们凭中奖私信前往行耘食舍用餐。

下面一片“想去农场看帅农夫！”的大胆表白。

歌手聿见同网红女主播森森也做了转发和追加抽奖，聿见不但请自己在浦江的粉丝到农场吃饭，甚至还许诺给每人送上由他本人亲笔签名的唱片一张。

引得粉丝一片哗然。

“酸了酸了！羡慕哥哥身在浦江的粉丝！又有的吃，又有签名唱片拿！”

“我现在打飞的去浦江可还来得及？”

“坐标杭城，有没有人组团一起打飞的去见哥哥？”

森森的粉丝也不遑多让。

“森姐人美手巧又宠粉，请不要吝啬地抽我吧！”

“不要拍森姐马屁！森姐是庸俗的人吗？森姐是小仙女！请小仙女看看我！”

“在现场能看到森姐吗？能的话请务必抽我！”

两人的粉丝热闹得如同一场社交嘉年华，在如此活跃的气氛当中，施氏餐饮集团转发并抽取二十人参加活动的动态就显得不那么引人注目。

倒是一间画廊对农场动态的转发抽奖引人好奇。

“搞艺术的要跨界做餐饮了吗？”

“想不到高雅艺术也转发吃饭啊？”

“官方小编是否被绑架？是的话请眨眨眼。”

“难道只有我一个人好奇？行耘农场究竟什么来头？引得这么多人加持。”

此言一出，顿时关注的角度倾斜。

很快便有人将许凌昀的经历查得清清楚楚。

“许凌昀好惨一男的！生物制药专业高才生，奈何父亲嗜赌成性，背着家里在外欠下巨额赌债，抛妻弃子一去不回；共同创业的伙伴夺取他的研究成果，拉走公司核心成员另起炉灶，留给他一个千疮百孔的公司；女朋友在他落魄时转投他人怀抱……啧啧，堪称当年年度悲情人物。”

"我知道他。他是技术型学霸，研发方面能力惊人，可惜对公司营销推广不甚关心，被合伙人钻了空子。确实惨。"

"最惨的是因为公司被合伙人掏空，兼欠一屁股债，导致他上了失信被执行人名单，真是砸锅卖铁才把所有欠款还清。即使如此，他的名字仍挂在行业黑名单上，再也没法从事生物制药相关工作。"

往事陆续被神通广大的网友翻出来，众人纷纷在下面感叹，许凌昀实在是人间行走的惨剧。

直到有人站出来反驳：

"你们到底对'惨'有什么误解？许凌昀的行耘农场是我们镇，乃至我们区的纳税大户好嘛！他的农场早已摒弃传统人力耕作，采用先进的机械化种植和智能管理，无论稻米、蔬菜、水果产量，还是生态共作养殖，全部领先于周围其他同类型农场，是智能现代生态农业示范项目。人家比许多苦苦挣扎在破产边缘的互联网企业赚钱多了！"

下头评论炸了锅。

"我现在回家种地还来得及吗？"

"求大佬带领一起发家致富！"

"我不缺体力，我缺块地。"

"九九六秃头程序员，赚的还比不上农夫，心态崩了！"

"难道不是因为他抗打击能力强，心理素质过硬才挺了过来吗？换一个心理素质差一些的，老早一蹶不振了吧？"

网上热闹无比的话题终结在新岸拳房的转发之下。

新岸拳房转发农场动态，随后表示一群正在拳房健身的师父徒弟正在赶往农场的路上，并附上一张十几名肌肉偾张的年轻人直面镜头的照片。

大家嘻嘻哈哈地跟帖：

“怕了，怕了！”

“打不过，打不过！”

“大哥们手下留情，筷下留菜！”

远兮微笑着收起手机，迎向许凌昀。

他坐在拆除后座的面包车驾驶座上，后排偌大空间里摆满自助餐保温炉，装着冷菜、热炒、主食，还有一大罐扁尖老鸭汤和一罐桂花甜酒酿小圆子，密封罐也掩不住桂花馥郁的甜香。

董晴与他兵分两路，董晴带着食堂阿姨前往老人院送餐，他和远兮负责送餐到镇上消防中队。

远兮上车，坐在副驾驶座上，系妥保险带。

“小乔呢？”许凌昀发动引擎，问。

“她要留下来给陆师傅打下手。”远兮失笑。

乔笑绵隔着老远冲她挤眉弄眼，又做出加油打气的手势，不晓得脑袋里天马行空在想什么奇形怪状的东西。

面包车在老杨目送下稳稳地驶出农场，冬日的阳光透过树叶凋敝的枝丫斑驳地洒落在地面上，也落在许凌昀心里。

“与电视台的合同，解除了吗？”许凌昀问半边脸颊沐浴在阳光中的远兮。

他没听消息灵通的小白再提起过远兮与电视台之间的合同纠纷，一直想问她，又苦于找不到合适机会。

“解决了，谢谢你关心。”远兮转头朝他微笑，侧颜笼在一片金光里。

专业的事交给专业的人去处理，迅鹰法务在劳动法找到条款，电视台无故终止她主持节目，并未提前与她协商，凭借这条规定，她顺利解约。

远兮没想到咬得她死紧，大有不将她树立成行业反面典型不罢休的新台长，这么轻易地就肯偃旗息鼓，愿意放过她。

解除合同后，吕师兄才一语带过地说，这位新台长自己也不是光明磊落一点黑历史没有的人物，若要同他较真起来，他只怕自身难保。

在保住前途与给下属使绊子在台里立威之间，他选择了前者。

“恭喜你，以后可以做自己喜欢的事。”许凌昀由衷替远兮高兴。

“不用等以后，我现在就在做自己喜欢的事。”

远兮仅有的一丝遗憾，是曾经为之奋斗过的地方，不再是一片付出努力就有收获的热土，但她内心从未抱怨这一切。

不不不！她珍惜此时此刻。所有过去的时光，才成就现在的郁远兮。

许凌昀脑海里有一刹那喜悦如潮水袭来。

正在做喜欢的事……吗？

这喜欢的事里，也包括他吗？

嘴角便不自觉微微翘起。

面包车通过执勤岗亭，开进消防中队大院，消防指战员们的日常体能训练还未结束。

远兮透过车窗，看到院子当中，消防员们正两两一组，进行负重折返跑。

厚重的防护服、背负式空气呼吸器沉重的气瓶……令他们在奔跑时显得步履滞重。

面包车缓缓停在中队食堂前，早有两名炊事员等在门口。

见许凌昀拉开车门跳下面包车，身形敦实的圆脸炊事员笑呵呵迎上来，双手握住许凌昀的手热情地上下摇动，看得出来与他十分熟络。

“小许来了！”炊事员放开许凌昀，目光转到远兮身上，透出一股淳朴真挚的欣喜，“郁主持！”

一边回头对个子矮矮的小炊事员介绍：“这是我们浦江电视台的主持人，去年文艺工作者下基层进行文艺汇演，她是主持人之一呢！”

小炊事员面色茫然：“我去年还没来呢。”

远兮笑起来，上前与两人握手：“我已经不做主持人了，叫我小郁就好。”

圆脸炊事员看看远兮，又看看许凌昀，嘿嘿直笑：“小许找到志同道合的人了啊！”

他将两人往食堂里让，招呼小炊事员去搬面包车里的自助餐保温炉。

“我们刚开始准备午饭，董老师的电话就来了。”他和小炊事员个子都不高，但力气奇大，一边搬保温炉，一边气息如常地照样闲聊，“谢谢你们今天给我们送来节日惊喜！”

许凌昀哪儿肯干站着，撸起袖子，招呼远兮，一人拎一边保温炉柄，一起往食堂里送。

四人正忙，又有一辆采访车驶进消防中队大院。

主持人、摄像师一下车就进入拍摄采访状态。

选取最佳角度，主持人往镜头前一站：“这里是江浦区电视台《新闻直通车》节目现场，我们现在所在的是……”

他稍稍侧身，露出身后正在训练中的消防指战员们：“江浦区新沙镇消防中队。指战员们在节日里也毫不懈怠，坚持日常训练。在此，我们要感谢消防指战员……”

远兮听得面露微笑，她也曾做过外景主持人，这熟悉的节奏，熟悉的台词，有太多教人感慨万千的回忆。

她与许凌昀协力将保温炉搬上餐台，小炊事员嘀咕着清点圆桌上的餐具数量。

浦江电视台主持人与摄像师在这时进入食堂，主持用一种比平时采访略夸张兴奋的语气，冲镜头说：“我们今天恰巧碰到新沙镇热心群众为消防指战员们送来节日慰问！”主持人手一挥，摄像师跟上，摄影机先给出全景，再拉近景。

主持人双目如电，一眼望见打算避开镜头的远兮，一个箭步上前，拉住远兮的手：“看！我们遇到了谁？郁老师，您今天是来我们新沙镇消防中队送节日祝福的吗？”

主持人的话筒快戳到远兮脸上了。

远兮抓住同样想躲避镜头的许凌昀：“我今天只是一个出一分力的普通群众，真正为指战员们带来营养丰盛午餐的是热心市民许先生！”

她把许凌昀往镜头前一带，自己顺势退出摄像机取景范围，绕到摄像师身后，朝许凌昀跷起大拇指。

许凌昀有些无奈，又有些纵容地暗嗔她一眼，然后老老实实接受主持人采访。

回程途中，许凌昀将面包车停在镇上一家日夜超市前，下车进超市，买两支蛋筒冰激凌回来，一支递给远兮，一支自己吃。

两人从早忙到中午，甚至没空喝一口水，此时一桩要紧事已了，才感到极度疲惫干渴。

两人也不管车身脏不脏，后背往车上一靠，在冬天的阳光下，一起吃冰激凌。

冰激凌细腻绵密，奶味浓郁，蛋筒香脆，身边是喜欢的人。

喜欢的人。

远兮的目光，越过咬去一尖的冰激凌，看向站在她身边，已吃掉大半个冰激凌的男人。

他有着小麦色皮肤，棱角分明浓眉朗目直鼻薄唇的深刻五官，英俊而不自知。

他比她所能看见的还要努力，不炫耀，不退缩。

他眼里的她，不是主持人郁远兮，不是加诸某个标签的郁远兮，单纯就是她。

看见她,他会微笑,眼里有光,却又努力克制,不教自己越过界限。

远兮见识过“喜欢”一个人，可以高调成什么样子。

可他的喜欢，像一片宽阔的海，所有汹涌的感情，都隐忍在平静的海面之下。

“该回去了。”远兮吃光手上的蛋筒。

“好。”他笑应，眼里映着她的倒影。

第二十五章

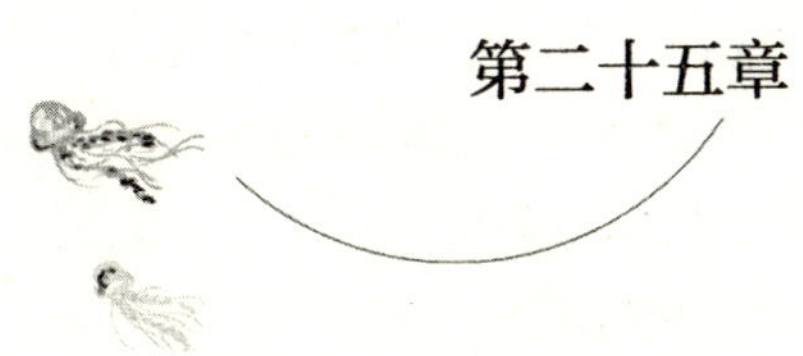

行耘食舍元旦这场因故而做的抽奖，最后成为新年伊始网络上一场饕餮的欢宴。

丰见的歌迷们齐刷刷发九宫格，感谢偶像请他们吃大餐。

网红主播森森则在食舍进行了一场别开生面的吃播，在为时一个半小时的直播中，她与自己的粉丝同席，通过镜头，记录了行耘食舍制作的每一道菜肴。

作为主播，森森的声音有着毋庸置疑的辨识度，她并没有一直出现在直播画面当中，大多数时候，她都以画外音向观众介绍送上桌的菜品。

“下面这道蟹粉拆烩鱼头，是我今天最期待的菜。作为一道本帮清炒蟹粉与淮扬拆烩鱼头的融合菜，蟹粉的鲜与鱼头的滑嫩，想一想都教人垂涎三尺。”

她几乎将镜头直拍在送上桌的砂煲上。

揭开锅盖，热气腾起，氤氲了视线。

锅里“咕嘟咕嘟”冒着细密的气泡，金灿灿的蟹粉与轻轻颤动的鱼头，下头衬着碧绿生青的菜心，赏心悦目。

“嗯……蟹粉鲜甜黏唇，鱼头鲜嫩滑糯，感觉吃到嘴里，每一口都是满满的胶原蛋白！”森森赞叹，“蟹粉想要没有一丝腥气，必须现做现拆。鱼头同理。这是一道功夫菜，如果不是事先预订，几乎没有餐厅肯花大量人力下功夫做这道菜。”

观众们“想吃”的弹幕霸屏。

这场饕餮盛宴的食客来自四面八方，职业五花八门，因为各自关注的社交账号而坐到一起。

大家交谈，欢饮，享受美食。

当欢宴散去，食客们自发留下来帮餐厅收拾残席，能打包带走的绝不浪费，不便打包的也分类倒进垃圾桶，收拢桌布，擦桌扫地。

被赶来的《成长吧，厨娘》节目组摄影师用镜头记录下来并上传至播出平台，观看人次惊人。

无论这世界如何变幻，大家内心始终喜欢江湖救急的豪情。

到了晚上，江浦区新闻频道播出社会各界元旦慰问值守岗位的军人、医生、消防指战员的采访报道，并同步将采访视频发布到社交平台，画面中出现许凌昀英俊的脸，和他身后闪开镜头的郁远兮。

直到这一刻，在网络上酝酿一天，这场无形的公关以口碑爆棚收官。行耘农场和食舍受到空前关注，致电农舍订餐的电话激增；带高即将播出的《成长吧，厨娘》热度，节目官方账号开播倒计时动态评论转发点赞量达到新高。

整件事里，唯一的输家，大概只有曲鸿程。

坐在自家客厅按摩椅上看晚间新闻时无意间瞥见许凌昀在电视里接受记者采访，一副丝毫不受影响的样子。公司公关经理紧急打电话来征求他的意见，是花钱撤热搜，还是买水军挽回公司形象？

他毫无理由临时毁约的行为招致大众批评的同时，还被人扒出背叛共同创业的合伙人的往事，为公司上市前景蒙上一层阴影。

曲鸿程挂断电话，气得把手里的电视机遥控器狠命砸向挂在墙壁上的电视机。电视机屏幕应声而裂，可大抵质量实在好，画面闪烁扭曲着，仍坚持播放节目。

坐在一旁沙发上摆弄玩偶的女儿吓得浑身一抖，呆怔片刻，双眼慢慢蓄满眼泪，随后“哇”一声，大哭起来。

“哭什么哭？！”他烦躁地吼。

保姆听见哭声，从厨房里跑出来，弯腰抱起沙发上号哭不止的孩子，按在怀里，匆忙埋头往楼上去。

秦恩琦在保姆身后走出厨房，摘下挂在脖子上的围裙，扔在一旁。

“你自己不开心，冲女儿撒什么气？”

从校友会回来，便一副怨天怨地、天下人皆负我的德行，原本定得好好的公司元旦聚餐说换场地就换场地，换完了照样不开心。

“我哪里是冲女儿撒气？”曲鸿程大感委屈。

曾经的情敌、手下败将东山再起，本就教人心里不舒服，偏偏妻子还一副他无理取闹的样子，拿冷言冷语对他。

“女儿是我生的，我像对小公主一样待她，不舍得打，不舍得骂。你喉咙这么粗，不是冲女儿撒气，那就是要冲我撒气喽？”秦恩琦冷笑，“这还没到七年呢。”

曲鸿程挫败地试图从按摩椅里站起来，一时竟没能成功。

秦恩琦“哧”一声，连看都不肯多看他一眼，手撑后腰，上楼关心女儿去了。

曲鸿程泄劲地窝在按摩椅中，望着妻子因怀二胎而略略丰腴的背影，眼里怨毒之色渐深。

不知自己被记恨了的许凌昀正准备与董晴核算当天账目。

中午十五桌的大单走完，晚上又拥来大批散客，农舍众人忙得脚不点地，当晚翻台率高得惊人，直到十点打烊，仍有食客未结束用餐。

等最后一桌客人结账离开，许凌昀催餐厅员工早些回家休息：“后厨的洗碗机就是拿来解放生产力的，大家忙了一天，都早点回家，好好洗个热水澡，缓解一天的疲劳。今天超时工作的人，明天都放假一天。”

“那怎么成？”今天餐厅几乎全员出动，连食堂阿姨都借来帮忙，明天大家放假，餐厅不是要唱空城计？

“明天可以请节目组的选手来当一天服务员。”总导演老方脚下生风地走进来。

录播结束，节目组工作人员从高强度录制中解放出来，策划组、导演组则密集开会，为录播结束后紧跟的直播场次做前期筹备，恰好在原有拍摄场谷仓就直播改造方案做实地测量。

上午在工作群看到昵称“非黑非灰”的人在群里爆料，有公司预订十五桌午餐，结果临到中午忽然爽约，导致农舍不得不靠转发抽奖请人来吃午餐以避免造成浪费。

总导演与制片人一合计，当机立断迅速转发，并追加抽奖人数。

现在看来他们当时的决定再正确不过。

帮到行耘食舍的同时，也带动对节目的关注度，可谓双赢。

总导演直等到农舍这一天忙碌已毕，才来打扰许凌昀，进门正听见他给餐厅服务员放假，引得众人担心人手不足，遂出言解围。

“那怎么好意思？”许凌昀推辞。

“有什么不好意思？”总导演摆手，“她们将来如果胜出，要经营一家由节目组出资赞助场地、设备的餐厅，现在让她们熟悉餐厅工作流程，不是正好？”

许凌昀推却不得，只好笑一笑。

乔笑绵趴在远兮肩头，小声嘀咕："这算不算奸商？要压榨出我们每一分剩余价值！"

远兮回手轻弹她鼻尖："运作餐厅同经营大排档有所不同，多学多看总没坏处。"

乔笑绵吐吐舌头。

总导演又朝董晴点头："董经理看一下，中午的餐费可到账了？到了的话，麻烦开具一张发票给我。"

董晴一愣，随即一喜："我这就看。"

当即取出手机来，查看餐厅收款账户，果然有一笔来自文化公司的付款。

不只有这一笔，午市还有来自Ho's艺术品进出口公司、施氏餐饮集团和艺人工作室的付款，以及三笔个人付款。

董晴抬起头，鼻尖一酸："收到了！谢谢方导！"

其实上午农场发动态抽奖请粉丝吃饭，后来又得到那么多转发，她知道许凌昀根本没打算收钱，只要没造成不必要的浪费，他已知足。

没想到转发并追加抽奖的几个账号，最后都支付了餐饮费用。

"和我客气什么？日后还要继续打搅大家啊。"总导演把节目组的意思带到，客套两句，潇洒退场。

核对完当天收支，董晴极有眼色地一把挽住乔笑绵："笑笑回家，正好有一段与我同路，我开车送你吧。"

"远兮姐，我先走了啊！"乔笑绵嘿嘿笑，被董晴拖远。

远兮摇头，与许凌昀并肩往外走。

"我送你。"她的车停在农舍前的空地上。

随着冬季来临，父母担心她衣服厚重，影响骑摩托时操作灵活度，请她开车出行。

对父母这点小要求，远兮从善如流。

坐在远兮的副驾驶座上，她在仿佛没有尽头的黑夜里，载着他，驶向家的方向，许凌昀感受新奇。

他也曾拥有过百万豪车，身边女友华衣美饰加身，是众人眼中成功的代名词。

可光鲜夺目的世界一夕坍塌，余下一地废墟。

在最艰苦的那两年，他被限制高消费，一边努力种地挣钱还债，一边想方设法缩减开销。

为节省一点油钱，农场里的皮卡他只有进货送货时才开，上下班全靠搭公交车。

后来还清欠款，不再是被执行人，他仍然保留了乘公交车来去的习惯。

不是没有异性在农场转亏为盈，成为区里示范项目后，对他表示好感。但那些好感之下，总有一些对他所处现状的疑虑。

“许先生农场做得这么大，为什么不买辆车代步？”

“将来结婚生子，也要继续住在农场附近吗？那孩子怎么能接受到最好的教育呢？”

“许先生打算一直从事农、牧业，还是未来有其他计划？”

没人明白，农场对他的意义。

远兮与别人不同。

她不问。

她总在他危急时，默默伸出手。

也许她不只是对他如此，不过是性格使然。

然而他，没办法教自己，不喜欢这样的她。

元旦过后，《成长吧，厨娘》先导集首先在迅鹰网络电视平台首播，随后周六晚十点档在苏省卫星电视台播出。

李厚时几次邀约浦江电视台购片主任，对方都不肯露面，最后托中间人转达，说台里下了死命令，凡有郁远兮参与的节目，一概不予收购。

大胡子不是不遗憾的。

节目在浦江拍摄，如能在本地上星，可谓近水楼台，双赢局面。

可惜，事与愿违。

幸而他从来都做多手准备，早在年前综艺节目推介会上，便与多家电视台进行接触，后又同有初步意向的两家一线卫视、三家二线卫视做进一步洽谈，最后和一线苏省卫星电视台达成合作。

节目一经播出，便大受好评。

看一群平时娇滴滴的女孩子，下田收割、进圈赶猪、追鸡撵鸭，带给观众别开生面的新奇体验。

“天还没亮舍管就敲门叫起，人间真实！感受到了被舍管支配的恐惧。”

“浇肥料浇吐了是什么鬼？”

“赶鸭子结果自己掉进鱼塘太好笑了吧？！”

“选手亲自上阵激情撕的节目果然精彩，第一天就抓脸薅头发上演全武行！”

“我怀疑她们做的菜到底能不能吃？会不会像某选秀节目参赛选手，唱歌跳舞一概不会，全靠卖惨，一路杀入十强？”

“我喜欢短头发又酷又飒的小姐姐！小姐姐加油！”

“掉到水里的小姐姐不怕不怕啦，想哭就到我怀里哭！”

“这些小朋友一看就是从来没干过农活！收割水稻不能割一镰刀就直起身，要一路埋头多割几下再起来，否则一歇歇腰就吃不消了！”

这档集农村生活、美食烹饪于一体的美少女慢生活厨艺比赛节目，引起不同年龄段观众的共鸣！

官方账号趁势在网络播出平台推出以“一刀未剪，还原一个真实的她”为口号的选手个人房间，观众可以进入感兴趣的选手房间，观看未经剪辑的多画面视频。

从最开始五十名选手的房间，到随着每一期节目的淘汰，房间十个十个地关闭，观众们也跟选手一起，体会到生活并不像看起来一样鲜花着锦，年轻漂亮的女孩子们照样要面对激烈残酷的竞争，美丽并不足以使她们脱颖而出。

评论区也由最初嘻嘻哈哈的调侃，逐渐变得喜好分明起来。

“楚宝真女汉子！粉碎树枝时别组要两人才抬得动一包，她一个人就扛一包！你们没发现吃晚饭时，她左边肩膀明显抬不起来，左手一直没怎么动过！”

“看得出来施西的娇柔不是人设，她生活里真的就是一碰就哭鼻子那种人。我有个同学就这样，什么事都靠哭解决。”

“我看好笑笑！所有人里，她最接地气！别人都觉得和聋哑选手一组会影响发挥，只有她，主动向馨馨学习手语，方便比赛和生活中交流！”

“不吹不捧，最看好柳凝！撇开个人介绍短片里她家展示出来的非凡家境，只说她本人：专门去法国蓝带厨艺学院进修高级西餐课程和国际酒店管理硕士课程，精通中、西餐烹饪。比起全靠自己摸索的乔笑绵，科班出身的柳凝更有夺冠相。”

“个人比较好奇开播前闹得沸沸扬扬的‘空降’主角郁远兮，看先导集，她还是派送入围通知的节目助理，只闻其声，不见其人。看第七集预告，录制现场有意外发生，应该就是这一集，她会出场。她要怎样才能服众？期待！”

王佩宁将新年前最后一次与好友的聚会，设在市区一处非常有名的购物中心的共享厨房内。

陶穆与冯宪珍欣然赴约，两人顺便把远兮和许凌昀都带了来。

“我们坐着，聊聊天，饮料喝喝，让他们两个忙去！我看他们两个厨艺比我们任何一个都好！”陶穆笑言。

“真是两个好孩子！”王佩宁感慨，“晟风、晟云两兄弟要去澳大利亚陪他们妈妈过农历新年，老何心头往事沉渣泛起，忽然把自己关在画室里搞创作去了。不画完不会出来。他们父子之间的事，我不插手，让他们去！我找小昀、远兮玩。”

“孩子不陪他过春节，他再大度，心里也总归有点难受。”冯宪珍替老何说话，顺便关心陶穆，“郁老师呢？”

“年前防火防盗安全检查，连续几天没回家吃晚饭了。”陶穆对丈夫每到重大节假日之前加班加点的状态已经习以为常。

“他们不来也好，我们讲话更自由！”王佩宁挤到两人中间，一左一右挽住她俩手臂，“你们看，小昀和远兮一起下厨的画面，是否格外和谐？”

她们坐在用餐区聊天，许凌昀和远兮并肩站在备餐区准备食材。

许凌昀高大健硕，远兮颀长劲瘦，两人靠得极近，他微微垂头与她交谈，彼此点头应和，偶尔相视微笑，两人之间有种无须言语的默契。

陶穆半偎在王佩宁肩头，有些感慨地冲冯宪珍轻道：“给你家小昀添麻烦了。”

结束节目录制，元旦忽然跑去农场帮忙的事，她这个做母亲的，先是在菜场买菜时碰到管阿姨，听她含酸带羡地说：“陶老师，你家远兮真叫人刮目相看。这电视台的主持人说辞职就辞职，转眼就同男朋友一道上新闻，有本事！”

后在课间发现学生在看手机视频，溜达过去假装不经意地瞄一眼，发现女儿和许凌昀元旦前往消防中队慰问消防指战员的新闻登上热搜。

陶穆不打算干涉女儿感情生活，更不愿给她压力，一切顺其自然就好。

“没有，没有！”冯宪珍连连摆手，“远兮帮了小昫不少忙，我感谢她都还来不及。”

虽然儿子很少把工作上的烦心事带回家来说，然而元旦当天发生的一切，她还是辗转从不同的人口中，拼凑出事情的大致经过。

这些年，儿子经历过太多人情冷暖，落魄时到处求人，只为能早点回款，好偿清欠债，为此吃了多少闭门羹，受了多少奚落！

他早养成遇事一个人一力扛下来，咬牙隐忍的习惯。

可这一次——虽说不是什么迈不过去的坎——有个女孩子，与他一起出谋划策，同他一道跑前跑后，没叫过一声苦，没喊过一声累。

所以这次农历年前最后一次小聚，王佩宁在共享厨房自己烧饭做菜的提议，她大力支持，在确定日期地点后，寻机对儿子不经意似的说起。

“王阿姨请我们吃饭，打算我们几个自己下厨，陶阿姨家的远兮也一起来。”

果不其然，儿子听见“远兮也一起来”，眼睛一亮，往她跟前一凑：“到时候我送您去，再从农场里带点新鲜食材。”

现在两个孩子在烹饪区并肩准备，有说有笑，她忽然发现，儿子身上那种无形的荒芜气息，消散殆尽。

两个做母亲的彼此会心一笑。

王佩宁看了，“哦哟哟”一声：“看来你们两个早晚要请我吃蹄髈！”

三个人正说话，何氏兄弟一人捧鲜花红酒，一人拎果篮走进共享厨房。

何晟风一如既往，穿得低调优雅，开司米大衣半挂在臂弯里，一手拎果篮，进门就客客气气打招呼：“王阿姨、冯阿姨、陶阿姨。”

又解释：“我和阿弟最近要出国一趟，趁年前还没放假，到画廊处理一些事务，阿弟陪着我，所以迟到了，是我的不是。”

王佩宁自然不会追究这件事谁对谁错，只朝他招招手：“这算什么迟到！这边坐，今天小昀、远兮下厨，我们只管到时坐享美食。”

何晟风把果篮放在餐桌上：“那怎么行？我去看看有什么能帮忙的。”

他偕了站在一边，想靠近又犹豫不前的弟弟，一齐走向备餐区。

何晟云距离远兮半臂之遥，停下脚步，伸长手，将一捧蓬勃鲜艳的花递过去，以不常用的声带期期艾艾地说：“送……给……你！”

远兮正在拌馄饨馅，粉嫩鲜肉，碧绿荠菜，嫩黄笋丁，煞是好看。

听见他的声音，蓦然抬头，先看见灿烂鲜花，然后才看见紧张又期待的何晟云。

她手上有油，只得用两手手腕夹住花束：“谢谢！”

然后后退半步，左右张望，想找地方放花。

许凌昀取过厨房里一个玻璃量壶，送到远兮面前：“插这里吧。”

远兮微笑道谢。

何晟云一时有些黯然。

他好像，在她面前，总是显得笨拙。

何晟风替弟弟解围：“有什么我们帮得上忙的？”

远兮也不同他客气，下颌朝旁边衣架方向一划：“系上围裙，一起包馄饨吧。”

何晟风拽住立在远兮跟前的弟弟，两人一起过去各取一条围裙系上，返回备餐区。

远兮将装馄饨馅的不锈钢沙拉碗放在备餐台一角，馄饨皮从保鲜袋中取出来，分成三份，码在何氏兄弟和自己面前，转头朝许凌昀的方向伸出手。

许凌昀欠身从厨具抽屉里找到几枚扁竹签，递给远兮。

远兮接过竹签，一一插在肉馅上，另去筹三味碟清水摆在每人跟前。

“准备就绪，可以开工。”远兮拖一张高脚椅坐在备餐台边，拉高袖口，露出小臂肌肉的紧致线条。

远兮和许凌昀之间无声的默契令何晟云倍觉挫败。

无论他“说”什么或者做什么，都无法在他们的世界里，引起她的注意。

何晟风无奈。

听家里一直负责照顾他们生活起居的保姆说王阿姨约好友带上儿女一起小聚，执意也要来参加聚会，甚至主动去买了鲜花与红酒的弟弟，喜欢的女孩就在眼前，他却裹足不前，赢得芳心之战的号角还未吹响，他先怯了场。

“说来惭愧，阿弟和我……”都市精英气十足的何晟风，清了清喉咙，“不会包馄饨。”

倒不是他要替弟弟解围，实在是他们兄弟俩从来没包过馄饨。

以前父母还没离婚，父亲醉心艺术，不问俗物，母亲热爱西式生活，负责烧饭烧菜的阿姨以母亲的口味为标准，家里一日三餐，多半是西式的，馄饨面条之类的中式餐点，绝少出现在餐桌上，更不要说让他们亲自动手包馄饨。

远兮正取过一张馄饨皮托在掌心，闻言并没有露出任何别样表情，只点点头：“包馄饨很简单，初学者要掌握的窍门是‘少放一点馅料’。”

她向何氏兄弟展示手心里的馄饨皮：“想象这是一块画布，挖一点馅料，放在正中稍微偏下一点的位置。”

她用竹签从沙拉盆里的馄饨馅小山上刮下一点来，放在馄饨皮上：“第一次包，取一元硬币大小——嗯，比拇指指甲略大些的肉馅，蘸一点清水抹在馅料四周，把下方皮子往上折，这样……”

远兮站起身，微微趴在备餐台上，越过桌面边角，拿手指蘸取清水，在努力读她唇语的何晟云托在手心里的馄饨皮上，轻抹一圈，然后将馄饨皮下端往上折起，压住肉馅。

“再把重叠的馄饨皮向内翻。”她向两兄弟展示动作，拇指朝前，食指压住馄饨皮上缘向内压，手腕由外向中间合拢，拇指交叠，“两角一面沾水，粘住，稍微捏紧，就是一只完美的馄饨。”

她凑得如此近，近到何晟云能看到她额角细细的绒毛，近得他听见自己骤然加速的怦怦心跳。

不待他对自己的变化做出反应，远兮已经坐回原位：“是不是很简单？加油！今天谁包的馄饨多，等下可以领取额外奖品一份。”

何晟风被她鼓励小朋友似的语气引得一笑，按照她教的步骤，包了他人生的第一个馄饨。虽然不很规整，但完成度已经相当高。

远兮飞过来一个表扬的眼神：“你肯定你是第一次包？”

“我肯定。”何晟风笑起来，进而去手把手教弟弟晟云。

两兄弟都是聪明人，很快上手，甚至无师自通，举一反三出另外两种馄饨包法。

“你不能来主持我们筹拍的纪录片，我很遗憾。”何晟风仍不放弃游说远兮，“这位纪录片导演屡获国际大奖，为人严谨，对主持人艺术造诣要求极高，你是我们的第一人选。”

远兮并不因此沾沾自喜：“如果你们还未找到理想主持人，我向你推荐以前的同事，严灵。她曾主持艺术频道《今夜艺苑》节目，对中西方美术史做过颇深入的研究。”

她无意借何氏兄弟之力，也不想吊着何晟云一颗年轻的心以备不时之需。

何晟风只好点点头，不再继续这个话题。

七人午餐用得欢快和谐。

远兮做的生煎馄饨和许凌昀做的油泡笋壳鱼大受欢迎，何家兄弟后来贡献一道牛油果油醋汁沙拉也得到一致好评。

何晟风一旦抛开帮弟弟晟云获得远兮青睐的私念，迅速变回那个长袖善舞左右逢源的商人，极能活跃现场气氛，带动话题。

一歇歇夸赞馄饨好吃，关键是馅调得好，咸淡适中，不油不腻，鲜香可口中带一点点笋丁清脆的口感是点睛之笔，无形中狠赞远兮的手艺；一歇歇说许凌昀做的凉拌香莴笋、冬笋丝刀工超群，堪比星级餐厅，拿滚烫葱油一淋一拌，爽脆鲜嫩，如同林风眠的画作《春晴》，清新似晴好春日，可见优秀的厨师并不比艺术家逊色；又说自己于厨艺之道并不精通，但看过远兮参录的综艺节目，以后要多向她学习请教云云。

王佩宁笑着拆他的台："你们兄弟俩，哪里需要下厨？"

何晟风半真半假地自嘲："现在要没有能做一顿爱心大餐的厨艺，连女朋友都找不到。"

王佩宁听后笑得意味深长，但并不去接继子的话茬。

还是冯宪珍替他铺台阶："你们年轻人，正是冲事业的时候，生活中无法面面俱到也是难免的，不至于严重到找不到女朋友的程度。"

饭后许凌昀将切水果的任务交给远兮，自己负责收拾碗筷桌椅，将厨余垃圾归入共享厨房的垃圾处理系统，碗筷分类放入洗碗机。

他行动有序，不疾不徐，餐桌上七人份堆叠得仿佛小山一样的碗筷杯盘，很快便被他送进洗碗机，凑近查看洗碗机门边的操作说明。

何晟云坐到远兮身边，看着她用刀在黄澄澄的柚子表面剖开一道口子，撕掉柚子皮，徒手掰开柚子，那种喜欢一个人，却不知道能为她做什么好的无能为力感，再次油然而生。

他不想说话，以手势问：怎样，你才会像我喜欢你一样，喜欢我？我有哪里做得不够？我可以学。

远兮剥柚子的手微顿。

哪里做得不够吗？

并不是他做得不够，而是，无论他做得有多好，也与她无关。

哪怕吃完饭，他们两兄弟安坐如山，没有一个人起身帮许凌昀收拾饭桌，抑或是何晟风妙语如珠，把妈妈同冯阿姨逗得笑声连绵，丝毫都不影响远兮对他们的观感。

她只在乎那个正在往洗碗机机仓添加洗碗粉的人，是不是累，会不会渴。

她放下手里剥了一半的柚子，注视眼前看起来苦恼无助的青年。

终有一天，会有人，抛开他的家世、外表、能力，直视他的内心，觉得他无一处不可爱。

远兮朝青年微笑，用手语回答他的疑问：

我已经有喜欢的人了。

她望向观察洗碗机工作情况、经年在田间劳作晒得黝黑的英俊男子，他似有所觉，迎上她的目光。

空气中隐隐传来购物中心正在播放的歌曲，男歌手用多年过去始终青春感犹在的声音在歌唱：

我曾经跨过山和大海，
也穿越人山人海。
我曾经拥有着的一切，
转眼都飘散如烟。

我曾经失落失望失掉所有方向，

直到看见平凡才是唯一的答案……

她与他的目光，在空中相遇。

随后，相视一笑。

终章

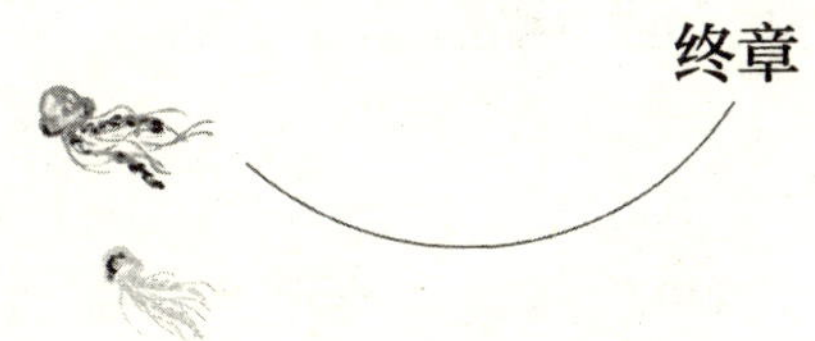

深夜机场注定是相聚与别离的不眠之所。

飞机到港与离港的广播，焦灼等待，不舍离情，被放大成回音的涟漪，在每个归人离人心头，荡漾成海。

许凌昀坐在机场候机厅内，离登机还有段时间。

顾问蒋工坐在他旁边的座椅上，双臂抱胸，脖子上套着颈枕，闭眼小睡。

许凌昀环视候机大厅，这个时间，大厅里候机乘客不多，每个人不是闭目养神静候登机，就是低头玩手机打发时间。

他的视线被对面座椅上有乘客遗留的一张财经报纸头版左侧导读栏吸引，想一想，欠身伸手取过报纸。

一天前的报纸，侧边导读栏，印着："A06：财经辣评——新三板上市梦碎，深度解读生物制药神话破灭背后的蛛丝马迹。"

许凌昀展开报纸，翻到财经辣评。

整版有三分之二篇幅，留给财经评论员，详细描述鸿恩生物制药曲鸿程布局两年，企图将公司包装成独角兽企业，在新三板上市，却最终被公司内部员工举报，称其偷税漏税、学术不端。消息一经放出，曲鸿程的所有努力付之东流，等来的是税务部门立案查账。据证实，举报信息来源真实可靠，绝非捕风捉影凭空捏造。

评论员指出，鸿恩生物制药神话的破灭，早已有迹可循。

从曲鸿程与创业伙伴决裂，带公司大部分骨干力量另起炉灶，成立鸿恩生物制药，而将一个空壳公司和大量债务留给负责研发的许凌昀，到他联合上游供货商和下游销售商一起截断供应链，导致许资金链断裂，公司难以为继，最终破产清算……他精心安排的每一步，都为鸿恩生物制药日后发展埋下隐患。

屋漏偏逢连夜雨，在此关头，另有鸿恩制药研发员表示其在业余时间自主研发的成果被公司攫取，以公司名义申请专利，侵犯他本人的权利，并公开宣称掌握曲鸿程在校期间学术不端的证据，要为自己讨一个公道。鸿恩制药方面则表示研究员在职期间的职务发明皆属公司所有，双方各执一词，走法律程序在所难免。

曲鸿程面临税务机关的侦办和员工讨伐，婚姻也正经受考验，内外交困，使投资人失去对他的信任。即便能度过此次危机，也必将会对鸿恩生物制药造成重创，短期内难以恢复。

文章很长，配以一张曲鸿程从税务部门离开，眉头紧锁满面不豫的照片。

许凌昀看后，并没有太多强烈情绪。

插在上衣口袋里的手机忽然振动，他合起报纸，轻轻放在一边，一如放下往事。

取出手机，小白在农场员工群里提醒：“直播马上开始！”

许凌昀微笑，小白真是堪比闹钟般的存在。

他打开网络视频播放软件，点击首页“成长吧，厨娘”直播链接，手机屏幕上很快载入直播画面，屏幕右上角正在做开播前五分钟倒计时。

第一场十二进十的比赛还未正式开始，画面中是选手和现场工作人员在后台做准备的画面：耀眼灯光，忙而不乱，杂而有序。

镜头向前推进，掠过成排服装，进入选手化妆室。

许凌昀在广角镜头中看见文森特·马在为穿戴完毕的选手做最后的造型检查，看见贾思敏正弯腰为坐在化妆椅里的远兮修饰面部妆容。镜头拉高，越过整个后台，随后切至前场，观众已提前入座，有人正在研究座椅旁的投票器，有人交头接耳小声交谈，更有人举着应援灯牌，朝向镜头，大力摇晃，何氏兄弟现身前排。总导演站在成排摄像机中间，面色如常，带着一种见惯风浪的镇定。

现场的光线忽然暗下来，音乐响起，有男声在一片乐声中沉浑有力地宣布：

《成长吧，厨娘》第一季十二进十现场直播，现在开始！

昏暗中，追光灯亮起，十二强选手依次上场。

许凌昀戴着耳机，眼睛一眨不眨地盯着屏幕，连旁边蒋工小睡醒来，凑到他身侧蹭直播看都不曾发觉。

追光灯打在选手身上，追着她们，从阶梯门内走出，一步步走向赛场。

许凌昀的目光，自远兮迈上台阶那一刻起，再也无法移开。

她穿一件节目组提供的白色斜襟厨师袍，春节里稍稍留长寸许的头发，又剪短至他们初见时的长短，被造型师悉数梳在脑后，露出光洁饱满额头，英眉秀目，朗然美好。

她接过工作人员递上的亚麻色围裙，抖开，围在腰间，反手在身后系牢，仿佛披上属于她的战甲，踏上属于她的战场，英姿飒爽。

让他想起那个云淡风轻的午后，她用右手扣住他的左肩，右腿勾住他的右腿，一绊一压，把他撂倒在地垫上，整个人斜压在他身上。

拳房里的师父师兄弟们对他被远兮制压，从最初齐齐围观到后来习以为常，再没人跑来鼓掌叫好。

她额上沁着细汗，从他的角度望去，能看见她线条优美的脖颈和侧脸。

她微微转过脸，双眼明亮如星，忽然卸去力道，扑在他胸口："怎么办？我喜欢你！"

他闻言，像跋涉过漫长荒芜的旅人，终于见到了花开。

"好巧，我也喜欢你！"

此后岁月，皆是欢喜。

蓦地，他的一边耳机被蒋工拿开："可以登机了。"

广播里传来登机提示。

许凌昀恋恋不舍地看着远兮被追光灯笼罩，似发光体般，引起现场一片尖叫。

他退出直播，站起身来，与蒋工并肩，走向登机口。

他们的爱情，刚刚开始。

他愿将荒芜沉淀成一片沃土，风雨共度，看她在擅长的领域茁壮成长，开出灿烂的花来。

为此，他也要踏上自己的征途，努力成长，追上她的脚步，与她并肩前行。

飞机起飞，划过夜空。

【正文完】

番外
人生如山海

婚礼现场主持人高亢的声音透过扩音器传来，几乎震破耳膜，耀眼的银白色射灯以誓要刺瞎来宾双眼的气势在球形餐厅里来回扫动。

远兮坐在三对伴娘伴郎都随新人离座，只余旧日搭档严灵和自己的主桌边，在灯光扫过的瞬间，垂下眼睫，轻啜一口沁凉的气泡水。

别出心裁搭建在球形餐厅正中央的婚礼仪式台上，主持人高声宣布下面有请新人为来宾做才艺表演，引得现场亲友一阵热烈鼓掌，口哨声此起彼伏。

灯光闪烁之间，稍早退场去换衣服的新人再一次登场。

新娘穿一件短款黑色皮夹克，衣襟左右各装饰有三条拉链，每条拉链末端都垂挂着黑色流苏，里头搭配一条烟蓝色的芭蕾纱裙，脚踩一双过膝长靴，化着浓重的烟熏妆，长发披在脑后，肩上斜挎一把电吉他，满身摇滚范儿。

新郎与新娘相对应，穿一件缀满闪亮LED灯的白纱衬衫，下搭一条皮裤，赤脚上阵，同样化着烟熏眼妆，甚至还涂上黑色指甲油。

当新娘一个弓身甩发，指尖划过琴弦，奏响热烈奔放的旋律，新郎飙出第一声高音，现场的年轻人们不由得为之沸腾。

坐在远兮身边的严灵用手肘顶顶她，语气里带着些许似笑非笑在响彻餐厅的音乐中大声说：“她骨子里不知道多羡慕你，够硬气，早早离开是非地。”

去年春节过后，中央派巡视组入驻浦江电视台，用人唯亲，弄得台里非他嫡系人人自危的新台长，走马上任不到三年便宣告落马。广告部经理台长内侄第一个被带走接受调查。

据说他交出大量对台长不利的证据，只为求得对自己的宽大处理。

有人落马，自然也有人升官。

电视台高层经历巨震，展开了一次大规模权力洗牌，原娱乐部主任章明贤成为此次权力更迭最大赢家，一跃升任电视台台长，大刀阔斧对原有主持人签约制度进行重大改革，并宣布与迅鹰网络视频播出平台达成战略合作，共同制作电视剧和综艺节目。

吴婉婉在人事变动中并没有受到多少影响，仍是电视台力捧的当家女主持，可到底身上贴过前任台长嫡系的标签，为人比以前低调许多。

这些事，远兮断断续续，听身边朋友说起过。

她抬手轻轻握住严灵微凉的指尖，倾身凑到她耳边问：“你的新节目筹备得怎么样了？”

娇小可人的严灵闻言瞪了远兮一眼，随后扑哧一笑，露出好看的虎牙：“万事俱备，只欠你这东风，你来不来？！”

严灵去年得远兮从中介绍，参与何晟风投资拍摄的艺术品鉴赏纪录片，在业内广受好评，何晟风有意投拍续作，严灵作为联合制片人，向远兮发出邀请。

远兮看一眼在台上和新郎头碰头、肩并肩放声高歌的新娘，两人脚下的仪式圆台缓缓转动成一道风景，随后朝充满期待地望着她的严灵摇摇头。

严灵打鼻孔里哼一声，甩开她的手：“我看我是急惊风遇见你这慢郎中，媚眼抛给瞎子看！”

“我的格斗节目已在封闭拍摄阶段，实在分身乏术。”远兮失笑，“我祝你新节目收视长虹。”

她经过一年策划筹备，组建拍摄团队，邀请专业格斗教练、武术指导担任节目顾问和导师，请演艺圈愿意花一段时间做专项封闭训练的艺人，接受专业指导，练体能、学功夫，在为期两个月的高强度训练后，抽签与另一位同量级的艺人进行实战比赛，以分组晋级方式决出冠亚季军。

演艺圈会几招花拳绣腿的艺人不少，真有勇气报名的人，却实在不多，盖因投入的时间精力与收获未必成正比，很少有当红艺人愿意潜心花两个月时间，离开公众视野，不接商业活动，把自己逼到极致。

其实在她聘请的武术指导当中有来自好莱坞著名动作团队的核心人物，有意为将要筹拍的动作片寻觅年轻新鲜的亚洲面孔，要能打、会打、体能过人。

她没有过早宣扬，只是想把惊喜留到最后。

严灵望着她的侧脸，末了轻喟：“郁远兮，你还是老样子，一点没变。”

做的永远比说的多。

远兮举起手中的气泡水杯，朝她致意，两人在新娘电吉他的余音中碰杯。

婚礼接近尾声，远兮辞别新娘、新郎，乘电梯来到车库。

她停在地下一层小型车辆区域的摩托车旁，早有人骑一辆同款摩托车等候。

见她一步步走近，许凌昀微笑问她："婚礼好不好玩？"

"新郎、新娘的才艺表演堪称惊艳。"远兮问他，"你生意谈得如何？"

她来参加婚礼，他在附近将开业的餐厅与餐厅所有人就供货进行洽谈。

"老板表示郁老师不在场，生意没的谈！"他取过她手中的安全头盔替她戴上，温柔地扣上搭扣。

"态度这么强硬？"远兮失笑，"不去不行？"

"老板态度坚决。"许凌昀踢起摩托车脚撑，发动引擎。

"走吧，我去会会这位老板。"远兮跨上摩托车，率先驶离地库。

将开业的餐厅距举行婚礼的酒店三条横马路远，在一条曾经热闹辉煌过的美食街上。

这条街几年前餐厅林立，每到午餐、晚餐、夜宵高峰时段，前来用餐的食客的车将整条马路挤得水泄不通，也引得附近居民怨声载道。

后来社区联合街道、城管三部门整顿，勒令沿街非正规营业的商铺悉数停业，经过更改营业执照经营范围、改造厨房过滤净化油烟设备、办理消防安全许可等一系列整改措施，将大部分没有餐饮营业资质或不符合要求的商家淘汰，留下小部分正规餐饮门店，还街区以安宁干净。

远兮与许凌昀将摩托车停在装修完毕，光可鉴人的透明落地门上挂着"证照办理、设备调试中"醒目牌子的餐厅前。

去年此时，作为《成长吧，厨娘》第一季前三名选手，柳凝、乔笑绵、骆佳馨最终为争夺冠军展开激烈角逐，远兮则早在五进四的比赛当中，惜败止步。

远兮并不为自己的落败遗憾，与拥有法国蓝带烹饪学院高级西餐厨师资格的柳凝、十六岁就独当一面在夜市里摆排档的乔笑绵、即使听力障碍也不能阻止她参赛的决心，一意想要证明残疾人和正常人一样同台竞技的骆佳馨相比，她的厨艺，还差一颗必胜的决心。

最终在所有评委和观众投票见证下，柳凝夺得《成长吧，厨娘》第一季总冠军，乔笑绵以数千票之差憾居第二，骆佳馨以微弱票差成为季军。

第一季顺利落下帷幕，每位选手都收获众多支持者。

作为冠军，柳凝独得奖金之外，也在节目组帮助下，迅速选址一处滨江独栋江景别墅，开了属于她的西餐厅。美女主厨、正宗法式料理、无敌江景，使得她的餐厅自开业之初便一位难求。

其他选手如带资进组的伍明媚，与经纪人公司签署合同，正式出道，在电视和网络节目中和搭档主持人每晚教都市白领做家常菜；乔楚出人意料地与安萍萍组团，两人成为迅鹰视频平台美食类主播，莳花弄草、种菜养鸡，直播各派系美食制作过程，流量惊人；施西烧伤康复后参加复活赛，虽则仍然败北出局，但她这次再没哭哭啼啼，反而潇洒一笑，回家继承家业去了。

《成长吧，厨娘》将她们聚到一处，又见证她们选择各自人生，一往无前。

而退出比赛，高调与捷鹿签约美食主播的魏橘，则因在网络上发表不实言论，遭到节目组与行耘农场两方追究法律责任，最后在各主要社交平台发表致歉声明，置顶三天。

就此，她彻底淡出人们视野，再无人提起。

与她相比，同样发表不当言论的麦樱子倒没事人似的，中间还跑去太平洋岛国举行婚礼，甚至不忘邀请远兮。

其脸皮之厚，连阅人无数的季江桐都叹为观止。

远兮反而释然。

埋葬早已逝去的友情，继续前行。

此刻，餐厅内灯光暖暖，有人影在门内来来回回走动。

远兮踏上台阶，门内人声渐闻。

“来了没？”

“来了！来了！车已停在门口。”

“快快快！躲好！”

远兮拉门的手为之一顿，朝站在她身侧的许凌昀瞥了一眼。

他无奈地耸耸肩，伸手覆住她的手，一道用力，开门。

门内爆出一阵欢呼：

“预祝远兮姐节目开播收视长虹！”

一块小小红丝绒蛋糕被安放在一捧开得正盛的嫩紫色香豌豆花中，送到她的眼前。

乔笑绵一张可爱笑脸隐在蛋糕与花束之后。

“就知道是你捣鬼。”远兮接过蛋糕花束。

“不只我，还有馨馨！”乔笑绵没一点迟疑，立刻“出卖”躲在何晟云身后探出半个头来的骆佳馨。

远兮不由得微笑。

有时，命运自有安排。

骆佳馨与何晟云通过远兮相识，因共同为将开业的餐厅改进电子餐单渐渐产生感情，何晟云为和她有更多共同语言，甚至一起与她到手语翻译卞若珍姐妹开的无声餐厅打工。

骆佳馨轻瞪乔笑绵，随即从何晟云身后走出来：远兮姐，祝你的节目开创格斗综艺新类型。

乔笑绵上前偎住远兮，朝许凌昀吐吐舌头：“我要把远兮姐借走啦！”

她叽里呱啦：“我对老正兴的酱方肉进行改良，新做了南乳酱方肉。馨馨贡献了她家秘制的蒸双臭——臭豆腐蒸臭苋菜梗，从甏里取出来时，那味道！简直堪比生化武器！安萍萍说她的桂花红豆沙小圆子包管叫你吃了还想吃……”

在乔笑绵的嘀咕声中，远兮回首，许凌昀站在她身后不远处，注视着她，眼里有笑。

远兮向他伸出手。

他眼里笑意渐深，握住她的手。

人生如山海，幸得你我。

番外

迷路的人

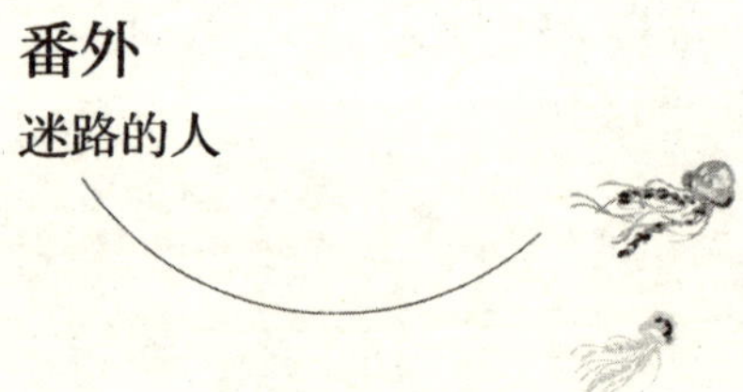

秦恩琦没想到会在人流如织的游乐园里，遇见许凌昀。

和煦春风里，他穿一件半新的棒球外套，配牛仔裤运动鞋，头戴卡通耳朵造型的发箍，腕系两只花栗鼠氢气球，脖挂单反相机，手里举着一捧云朵般的棉花糖，站在摩天轮下，年轻得不可思议。

与她视线相遇，他微微一怔，随后点点头。

秦恩琦觉得自己该安静地走开，但鬼使神差地，她向他走了过去。

“凌昀，好久不见。”

许凌昀看一眼她身后那群坐在草地上写生的学生：“好久不见。你还好吗？”

财报作假、偷税漏税的消息一经披露，IPO（首次公开募股）紧急叫停，曲鸿程被带走接受调查，一系列连锁反应将鸿恩生物制药拖入丑闻泥沼，公司濒临解散，回天乏术。

他能想象得到她经历过怎样的煎熬。

秦恩琦不意他竟还关心她，露出浅浅苦笑。

“还好，还过得去。”

曲鸿程面临牢狱之灾，主动提出离婚，一力承担所有婚姻存续期间产生的债务，只求她生下二宝，将两个孩子好好培养成人。

她如今带儿女搬离市中心别墅，住在婚前买的两室一厅公寓内，靠教人画画维持生计，日子不算艰难。

许凌昀闻言，并不追问。

秦恩琦知道自己应适可而止，可偏偏有种自虐似的冲动，教她无法转身离去。

“听说你结婚了，恭喜！”

这几年，她再没有参加过校友聚会，也不刻意关注故人消息，但还是难免会听说他结婚了，并未举行婚礼，只在报纸上刊登结婚启示，昭告亲友。

“谢谢！”许凌昀客气微笑，抬头看一眼缓慢停止转动的摩天轮，有心结束这段对话。

“冯阿姨……身体可还好？”秦恩琦有一点点急切。

五年前曲鸿程偷税漏税东窗事发，在预感到事情将无可避免地滑向最坏境地后，他向她坦陈，当年他找了两个经常同许凌昀父亲一起搓麻将的牌友，许给他们好处，让他们带许父去玩得更大的场子打牌，又邀许父一起参加网络赌博，诱得他深陷赌局不能自拔，欠下大笔赌债，将家中不动产都拿出来做抵押，以求翻本。最终许父偷了家里值钱的珠宝首饰和存款远逃东南亚，把烂摊子留给妻儿。

他说，事到如今，都是报应。

他用卑劣手段，偷走了两人共同创立的公司。

她因一时虚荣，抛弃了一份真挚无伪的爱情。

秦恩琦没脸面对许凌昀，这些事便一直压在她心里。

今天一场偶遇，她想知道许母是否已经从过往的打击中走了出来。

听她问及母亲，许凌昀始料未及，但还是礼貌地对她的关心表示感谢："家母一切安好。"

母亲单方面提出离婚申请，鉴于父亲当时已经离家失去音讯五年，法院公告六十天，仍未有下落，又有他离家之前写下的大量欠条以及提空家中存款的行为，很快便判决准予离婚。

母亲彻底走出过往婚姻，成为快乐的单身人士，闲来无事练字画画，与好友到处旅行，偶尔为老顾客定做两件旗袍，最大的苦恼是书局老板老林对她锲而不舍的追求。

"单身这么快乐，他为什么想不开？"冯宪珍不无困惑地问。

"或者老林只是享受追求的过程。"许凌昀记得自己笑着开解母亲，并鼓励她，"你们一起逛画展看话剧，有颇多共同语言，不妨当多个朋友。"

最起码，母亲很喜欢老林养的猫。

"如此……"

秦恩琦想说一句"我就放心了"，可缓缓停在摩天轮地台上的座舱门打开，工作人员一一接出坐在里头的游客。有女童像枚小小火车头似的，朝他们直冲过来，嘴里欢快地叫着：

"爸爸！爸爸！"

"我该走了。"许凌昀对她报以客气的微笑，"你多保重，恩琦。"

他转身，迎向穿着白色针织外套、灰色运动裤，一头短发蓬松如蒲公英的女童，一边将手中的棉花糖交到她手里，一边俯身伸臂一把将她抱起，大手捂在她颈后，温言细语："又乱跑，要牵好妈妈才能走，记得吗？"

女童趴在他肩头，望着站在原地的秦恩琦，大大黑眼睛里满是疑惑。

“爸爸，那个看起来好像要哭的阿姨，是谁啊？”她用空着的手揪着爸爸后脑勺的一丛头发，软声问。

“是一个迷路的人……”

两父女朝从立在摩天轮下纤细高挑的女郎走去，风将父女之间的对话吹散。

秦恩琦望着那宽厚挺拔又温柔坚毅的背影，努力教自己不露出失魂落魄的神情。

再见，凌昀。

她默默与往日道别，挺直脊背，回首，面对自己的生活。

【全文完】

图书在版编目（CIP）数据

你是我荒漠里唯一的花：全2册 / 寒烈著 . — 南京：
江苏凤凰文艺出版社，2021.1
ISBN 978-7-5594-4811-8

Ⅰ . ①你… Ⅱ . ①寒… Ⅲ . ①长篇小说 – 中国 – 当代
Ⅳ . ① I247.5

中国版本图书馆 CIP 数据核字 (2020) 第 067240 号

你是我荒漠里唯一的花：全2册

寒烈 著

选题策划　北京记忆坊文化
责任编辑　白　涵 刘洲原
特约策划　绪　花
特约编辑　绪　花
封面绘图　布克舒先生
封面设计　80 零 · 小贾
版式设计　天　缈
出版发行　江苏凤凰文艺出版社
　　　　　南京市中央路 165 号，邮编：210009
网　　址　http://www.jswenyi.com
印　　刷　三河市国新印装有限公司
开　　本　880 毫米 ×1230 毫米 1/32
印　　张　14
字　　数　369 千字
版　　次　2021 年 1 月第 1 版
版　　次　2021 年 1 月第 1 次印刷
书　　号　ISBN 978-7-5594-4811-8
定　　价　59.80 元（全二册）

MEMORY
HOUSE